Eva Förster
ZORNIGER

Eva Förster wurde im Jahr 1968 in Berlin-Prenzlauer Berg geboren. Sie arbeitete im Berliner Ensemble und studierte Theaterwissenschaft in Berlin und Paris. Ab Mitte der neunziger Jahre arbeitete sie journalistisch für Hörfunk und Zeitung, verfasste Features, Theaterkritiken und ein Hörspiel. In den Jahren 2009, 2012, 2015 und 2022 erschienen im Verlag Schiler & Mücke ihre Lyrikbände *Weit Gehen, Vom Weg ab, Das Gedächtnis des Handrückens* und *Des Sterbens müde*. Neben ihrem Schreiben betreut sie seit 2023 das Werk ihres Vaters, des Bildhauers Wieland Förster. Eva Förster lebt in Berlin-Pankow.

Eva Förster

ZORNIGER

Erzählung

SCHILER & MÜCKE

Bibliografische Information der Deutschen Nationalbibliothek
Die Deutsche Nationalbibliothek verzeichnet diese Publikation in der Deutschen Nationalbibliografie; detaillierte bibliografische Daten sind im Internet über http://dnb.dnb.de abrufbar.

Alle Rechte vorbehalten / All rights reserved

© Hans Schiler & Tim Mücke GbR
Hechinger Str. 3
D-72072 Tübingen
Email: info@schiler.de
www.schiler-muecke.de

Erstausgabe
1. Auflage 2025
Umschlag: TM unter Verwendung eines Fotos von Jaroon, iStock
Druck: booksfactory.de
Printed in Poland

ISBN 978-3-89930-476-3

Blutige Rinnsale

„Was, was ist passiert?", fragte Galina, die die Eingangstür öffnete, mit erschrockenem Ausdruck auf ihrem jungen, ungeschminkten Gesicht. Mühlberger hatte versucht, die Tür zu seinem Haus aufzuschließen. Weil er aber weinte, hatte er erfolglos mit dem Schlüssel nach dem Schloss gesucht und Galina war das Kratzen aufgefallen.

„Bitte, lassen Sie mich einfach nur rein", sagte Mühlberger und schob sie beiseite, mit mehr Kraft, als er gewollt hatte. Er rannte ins Wohnzimmer. Dann ließ er sich, im Mantel und mit feuchten Schuhen, an deren Sohlen Blätter klebten, auf das riesige Sofa fallen, das er und seine Frau Franziska fünf Jahre zuvor angeschafft hatten. Er erinnerte sich, wie sie gelacht hatten, nachdem sie erschrocken auf das Riesenmöbel gestarrt hatten, das ihnen angeliefert worden war. „Vorher messen wäre besser gewesen", hatte seine Frau gesagt, bevor sie losprusteten. Zum Glück war das Zimmer groß genug für diese *Wohnlandschaft*.

Mühlberger hatte schon nicht mehr daran geglaubt, noch eine Frau kennenzulernen, mit der er eine Familie gründen konnte. Wo er geboren worden war, in der DDR, war es üblich, früh zu heiraten und Kinder zu bekommen. Mühlberger war spät Vater geworden und Franziska und er waren jeden einzelnen Tag glücklich, dass es Nathalie gab. Und, dass sie zu Wohlstand gekommen waren.

Nun wohnte Mühlberger allein in seinem Haus. Das heißt, mit Galina Marin, der ehemaligen Pflegerin seiner toten Frau Franziska. Galina war einfach bei ihm geblieben. Sie tat jetzt, was vorher seine Frau gemacht hatte. Sie kochte, wusch, räumte auf und kaufte ein.

Heute war ein Anruf gekommen. Zum zweiten Mal in drei Jahren hatte ihm eine Stimme den Tod eines geliebten Menschen verkündet. Erst war es seine Frau Franziska gewesen, die den – wie sie sagten – *tapferen Kampf* gegen den Krebs verloren hatte. Heute war es seine Tochter Nathalie, die im psychiatrischen Krankenhaus Sankt Georg tot aufgefunden worden war.

Der diensthabende Arzt Doktor Sven Hahnefeld hatte ihn gebeten, zu ihm auf Station Sieben zu kommen. Er hätte den Totenschein noch nicht ausgefüllt, es seien ihm Zweifel gekommen. Nathalie wäre so jung gewesen und hätte auch nur die Medikamente bekommen, die er ihr verordnet hatte. Das heißt, eine freiwillig genommene Überdosis kann es auf keinen Fall gewesen sein. Es sei denn, jemand hatte bei einem Besuch Beruhigungstabletten auf die Station geschmuggelt. Mühlberger hatte in seinem Büro gestanden und dem Arzt zugehört, dann war ihm das Handy aus der Hand geglitten und er war gegen das Regal gefallen. Er muss kurz ohnmächtig gewesen sein.

Die kaputte Brille hatte er aufgehoben, das Handy hatte er aufgehoben und beides in seine Ledertasche geworfen, dann war er schwankend zur Tür gelaufen und draußen, während fisseliger Regen fiel, in sein Auto gestiegen und heimgefahren. Heim.

Galina war Mühlberger nachgelaufen und stand vor dem Sofa. „Was ist passiert?", insistierte sie. Mühlberger schüttelte den Kopf mit den feuchten dünnen Haaren, die ihm am Schädel klebten. Der Regen hatte das Blut verdünnt und jetzt war es gestockt, wo es gerade war. Es sah schlimmer aus als es war. Galina drehte sich dennoch um und lief ins Bad, um Verbandszeug zu holen. Als sie zurückgekehrt war, mit einem frischen Lappen und einem frischen Handtuch, mit Desinfektionslösung und Pflaster, hatte Mühlberger sein Gesicht schon in ein beigefarbenes Zierkissen gedrückt.

Ohne sie anzusehen, wedelte er mit der rechten Hand, was bedeutete, sie solle gehen. Galina, die ein sehr soziales Wesen war und keine Angst vor Krisen hatte, blieb stehen. Jedoch, nach einer Weile, als er nicht aufsah und weiter wedelte, ging sie langsam die Treppe hoch und in ihr Zimmer.

Hinter den Fenstern, die bis zum Boden gingen, war es dunkel geworden, dabei war es kaum vier Uhr durch. Als Mühlberger aufsah, sah er sich im Glas, ein blasser Mann mit schmalem Gesicht, über das eine getrocknete Blutspur ging, von der Mitte der Stirn bis zur Nasenspitze. Auf der rechten Seite war Blut am Nasenrücken, seitlich heruntergelaufen, so dass es aussah, als habe er blutige Tränen geweint. Er nahm das Tuch, das Galina gebracht hatte, und befreite sein Gesicht von dem Blut, das nicht im Kissen gelandet war. Ein Pflaster brauchte er nicht.

Mühlberger streifte sich die Schuhe von den Füßen und wand sich aus dem Mantel. Er krümmte sich auf dem Sofa zusammen. Als er lange genug in Embryonalstellung gelegen hatte, sah er auf. Im Dunkel stand Galina im Türrahmen und beobachtete ihn sorgenvoll. Als Mühlberger nichts sagte, trat sie wieder in den Schatten.

Goldgelb im Glas

Mühlberger stand auf, bewegte kurz seine schmerzenden Arme, die steifen Schultern. Dann ging er zur Kommode, wo die Spirituosen standen. *Mach uns doch einen Highball Darling*, dachte er. Wie im Schwarzweißfilm. Er verzog die Mundwinkel. Dann nahm er die Flasche Cognac Martell VSOP Aged in Red Barrels, die ihm seine Studenten am Ende des letzten Semesters geschenkt hatten und wählte das größte Glas. Da hinein ließ er viel goldgelbe Flüssigkeit fließen. Er trank den Cognac fast in einem Schluck aus. Dann schwenkte er den Rest im Glas. Da waren die Schlieren, die man Tränen oder Kirchenfenster nannte. Das hatten Franziska und er bei einer Verkostung gelernt. Franziska hatte den Ausdruck *Kirchenfenster* für den Marangoni-Effekt geliebt.

Jetzt spielte so etwas wie Genuss keine Rolle mehr. Es ging um das Gefühl im Magen, der warm ausgekleidet wurde. Das abgrundtiefe Erschrecken, das Entsetzen, wurden abgefedert, abgepuffert, die Spitzen gekappt. Die Müdigkeit kam.

Um sicherzugehen, dass nichts mehr gefühlt werden musste in den nächsten Stunden, trank er weiter. Er trank und trank.

Als er erwachte, war es draußen immer noch dunkel. Oder schon wieder. Es war, als hätte man ihm mit einer Planke auf den Magen geschlagen, mit voller Wucht. Erst der Schlag, dann das Zusammenziehen des Inneren, dann die Eiseskälte im Bauch, der kalte Schweiß auf der Kopfhaut, die feuchten Handinnenflächen.

Mühlberger bewegte sich und seine Beine fühlten sich taub und kraftlos an.

Zu allem Überfluss war ihm speiübel.

Als er das registrierte, ging es auch schon los. Er sprang auf seine Beine, die kurz in den Knien nachgaben, lief aus dem Zimmer, über den Flur ins gegenüberliegende Gäste-WC. Dort kniete er vor der Schüssel, beide Arme lagen auf der Klobrille. Sie wackelte schon lange. Er erinnerte sich an einen Herbstnachmittag, an dem Franziska aus dem Baumarkt eine – wie sie fand – *sehr schöne* Klobrille mitgebracht hatte. Auf dem Deckel war ein Bild von einem grünen Frosch mit orangefarbenen Augen und Füßen. Nannte man das bei einem Frosch Füße oder Flossen?

Franziska, der es damals zwischen zwei Chemotherapien etwas besser ging, hatte sich auf den Kachelboden gelegt und versucht, die neue Brille festzuschrauben. Eine verzwickte Tätigkeit, man hat wenig Platz, arbeitet über Kopf. Jedenfalls rastete seine Frau furchtbar aus, schrie und weinte, schmiss mit Werkzeug. Sie verzweifelte sowieso schnell, seit sie ihre Diagnose bekommen hatte, und nahm sich rasch als Versagerin wahr. Sie sagte: nicht einmal gesund bleiben konnte ich. Jeder Depp kann doch gesund bleiben!

Wobei Mühlberger wusste, dass es Franziska am meisten Schmerz bereitete, dass sie – vielleicht – Nathalie verlassen musste. Gut, das Kind war keine drei mehr, das war ihr ein Trost, aber trotzdem. Trotzdem, sagte Franziska. Es ist früh. Zu früh, um Halbwaise zu werden.

Es war auch ein einsamer Kampf gegen das Gefühl der Vergeblichkeit. Was, wenn die Behandlung nicht anschlug? Oder, ärger, wenn sie anschlug und die Krankheit später doch wieder ausbrach? Zum Schure, sozusagen. Das war Franziskas Formulierung. Zum Schure, in ihrer Familie hieß das: zu allem Unglück. Das war zwar nicht des Wortes richtige Bedeutung, aber wenn Franzi das so sagte, stimmte es so. Und war das ein Leben? Unter dem Damoklesschwert. Ihr größtes Problem war es schließlich, erneut beim Krankwerden ertappt zu werden.

Während Mühlberger das dachte, lag sein Kopf auf der grünen Froschklobrille. Die Ankunft von gallebitterem Erbrochenen signalisierte ihm, dass es jetzt bald genug war.

Draußen rumorte Galina. Er lauschte. Die Anwesenheit der jungen Frau war tröstlich. Aber auch störend in hohem Maß. Schließlich wollte Mühlberger jetzt ungern gesehen werden oder gehört. Er nahm sich vor, sein Verhalten nicht zu ändern. Auch nicht unter Beobachtung. Das brachte ihn in einen Konflikt. Er war Zeit seines Lebens bemüht, seinen Mitmenschen das Leben leicht zu machen, jedenfalls, was die Beziehung zu ihm betraf. Dass Galina leiden würde, schien ihm sicher. Und das wollte er nicht.

Galina machte Kaffee. Mühlberger lauschte auf das vertraute Geräusch der Kaffeemaschine. Ein schwarzes Riesending mit glänzenden Chromteilen, das, wie der Mixer für Franzis Smoothies, Einzug in ihre geräumige Küche gehalten hatte.

Mühlberger verließ das Gäste-WC. Er äugte um die Ecke und sah wie Galina Kaffee in eine Tasse goss.

„Professor, Kaffee?", fragte sie. Sie fasste ihn beruhigend mit der einen Hand an die rechte Schulter. „Was ist passiert?"

Mühlberger schüttelte den Kopf; er konnte noch nicht darüber reden. Galina, deren Vater in Rumänien am Korsakowsyndrom litt, einer Krankheit, die infolge seiner Trinkerei entstanden war wie die Leberzirrhose, kannte sich mit Unglück gut aus. Sie war sehr gläubig und Mühlberger beneidete sie oft, wenn sie in ihrem Zimmer betete. Während er an gar nichts glauben konnte, betete Galina für ihn mit. Für die gestorbene Franziska. Und für ihren Vater Radu, der aus seinem Haus in Großkomlosch ausgezogen war, um in Bukarest in einer Einrichtung für Senioren zu leben. Was seine Tochter Galina bezahlte. Sie würde wohl nie oder nur, wenn Radu bald stürbe, noch eine Ausbildung beginnen können. Sie hatte auch keinen Freund, sie hatte Mühlberger, der sie gut bezahlte. Und ihren Bruder Carol, der nicht für ihren Vater aufkam. Das war einfach so und warum, das wusste Mühlberger nicht. Galina beschwerte sich nie darüber.

Nachdem Mühlberger seinen Kaffee vorsichtig getrunken hatte, immer darauf bedacht, rechtzeitig zu spüren, wenn es ihm wieder hochkam, fiel ihm etwas ein. Sein Gehirn war wie diese Maschine vom Tele-Lotto in der DDR, wenn die Kugel, die später Zahlenscheiben umlegte, aus dem vulkanförmigen Kegel stieg und danach um den Kegel zu rollen begann. So, wie der Kegel die Kugel sozusagen gebar oder ausspuckte, so gab sein Kopf Schritt für Schritt Informationen heraus, die in sein Bewusstsein rutschten.

Jetzt fiel ihm ein, dass ein Doktor aus dem Krankenhaus angerufen hatte. Dass der ihn sehen wollte. Um Galina das

Gefühl zu geben, gebraucht zu werden, rief er in Richtung Küche: „Wie spät ist es?" Galina kam ins Wohnzimmer, wo sich Mühlberger an dieselbe Stelle hatte fallenlassen wie vor Stunden. „Es ist sechs Uhr dreißig."

„Ah, gut, danke." Er suchte das Telefon. Die Basis sah er, aber den Hörer nicht. Er griff hinter sich, fühlte in die Ritzen des Sofas. Ließ den Blick schweifen. Nach einer Weile blieb er regungslos sitzen. Es war zwecklos. Und wenn er das Ding finden würde, wäre wahrscheinlich der Akku leer.

Der Kaffee hatte keine unangenehme Wirkung gehabt. Im Mund suggerierte der Geschmack einen normalen Morgen.

Wolfgang Mühlberger war Hinterbliebener. Witwer, Kindeswaise, oder verwaister Vater? Da gab es doch Selbsthilfegruppen. Mühlberger hatte einmal davon gehört. Und sich gegruselt. Es sagte sich so leicht: Kinder sollten nicht vor den Eltern sterben. Alle sagten so was. Aber was machten die, denen das passierte? Es war, als müssten sie sich extra schämen und schuldig fühlen. Isoliert. Denn in ihrer Familie wurde ein Tabu gebrochen. Vom Schicksal oder wer weiß wem.

Er musste diesen Doktor Hahnefeld anrufen.

„Galina!"

„Ja?"

„Können *Sie* das Telefon finden?"

Galina kam herein, als hätte sie darauf gewartet. „Ich versuche!" Sie drückte eine Taste an der Basis und das Telefon klingelte auf der breiten Fensterbank, auf der dieses Jahr keine winterliche Deko stand. Galina brachte das Telefon, ging mit ausgestrecktem Arm auf ihn zu, so dass ihn das Gerät vor ihr erreichte. Er nahm es entgegen und lächelte schief.

Er wollte wählen. Aber welche Nummer? Der Doktor hatte ihn ja auf dem Handy erreicht und nicht auf dem Festnetz. Er tastete in seinem zerknitterten Jackett und auch in seinen Hosentaschen nach dem Handy. Dann suchte er wieder seine Umgebung ab, griff in die Ritzen des Sofas, hinter die Kissen. Möglichst, ohne den Kopf ruckartig zu bewegen, möglichst, ohne die Augen ganz zu öffnen. Dann nahm er das Festnetztelefon und rief seine Handynummer an. Es klingelte in der Nähe der Tür und Mühlberger ging langsam zu der Stelle, sah seine Aktentasche und fand darin sein Handy.

Gestern um 10 Uhr 38 war der Anruf aus der Klinik gekommen. Er wählte die Nummer. „Station Sieben, Sankt Georg?"

„Ja, ich, ich bin Wolfgang Mühlberger, der Vater von der Patientin Nathalie Mühlberger, die gestern ..."

„Mein Beileid!"

„Danke." Nachdem er geschwiegen hatte, setzte Mühlberger wieder an: „Ähm. Doktor Hahnefeld bat mich, zu kommen."

„Er ist nicht da."

Mühlberger wurde wieder schlecht. „Er bat mich aber, zu kommen."

„Ich kann nicht hexen."

Mühlberger kamen die Tränen. Und diese Schwester hatte Nathalie betreut? Er konnte nur hoffen, dass die Schwester zu Patientinnen freundlicher war als zu Hinterbliebenen. Auf sein Schweigen hin, ein Schweigen, das nicht beredt war, sondern bodenlos, lenkte sie ein. „Ich versuche, ihn zu erreichen. Kann ich Sie unter der Nummer zurückrufen, die ich auf meinem Display sehe?"

„Ja. Bitte. Vielen Dank!"

Jetzt einen Schluck. Die Kehle brannte nicht mehr vom Erbrechen. Der Magen lag friedlich in seinem viszeralen Fett, es wurde Zeit, nachzulegen. Diesmal schwenkte er gleich das Glas, um die Kirchenfenster zu sehen. Er erhob es, sah zu, wie die öligen Schlieren aus Cognac verschiedene Muster machten. Er prostete seiner toten Frau und seinem toten Mädchen in Gedanken zu und trank. Überflüssig zu sagen, wie schön es war, der Erwärmung seines Inneren nachzuspüren. Es war das Beste. In seinem Leben.

Das Telefon klingelte. Mühlbergers wohlerwärmter Magen krampfte kurz, dann nahm er das Gespräch an. „Ja, Mühlberger."

„Hier spricht Hahnefeld, nochmal mein herzliches Beileid zum Tod Ihrer Tochter Nathalie."

Als Mühlberger den Namen, Nathalie, hörte, ergriff ihn Zorn. Er sagte scharf: „Ich weiß, wie meine Tochter hieß!"

„Nichts für ungut, Herr Mühlberger, ich bin jetzt auf Station und würde Sie erwarten, damit wir reden können."

Nichts für ungut! Mühlberger rann der Schweiß von der Stirn. Dass es diese Redewendung noch gab. Genutzt von studierten Leuten! Dann riss er sich zusammen und sagte: „Gut, ich komme. Ich gehe jetzt von Zuhause los. Werde etwa zwanzig Minuten brauchen."

„In Ordnung", sagte Hahnefeld knapp.

„Galina?!"

„Ja, was ist?"

„Seien Sie so gut und rufen Sie mir ein Taxi. Ich muss ins Krankenhaus." Er stand mit hängenden Armen vor ihr. Galina war ein wenig außer Atem, weil sie auf sein Rufen hin gerannt war. „Wollen Sie sagen, was ist passiert?" Galina berührte seinen rechten Oberarm.

Mühlberger ging zügig an ihr vorbei, in den Flur. Dann hielt er abrupt und glitt, gehalten von der Wand, zu Boden. Galina war ihm gefolgt und kniete sich hin. „Was ist, Professor, was ist?"

„Nathalie ist tot."

Galina riss die Augen auf und Mühlberger nahm zum ersten Mal wahr, dass sie dunkelgrün waren. Mit braunen Sprenkeln. Tigeraugensplitter auf Efeublatt.

„Und jetzt muss ich in die Klinik, ihr Arzt möchte mich sprechen."

Galina schwieg noch immer. Aber ihre Lippen bewegten sich. Wahrscheinlich betete sie, dachte Mühlberger.

Plötzlich legte Galina ihre kleine, kräftige, vom Abwasch etwas feuchte Hand auf seine rechte Wange. Mühlberger schoss die Röte ins Gesicht und er schüttelte seine Haushaltshilfe ab, rutschte an der Wand hoch und drehte seinen Rücken zum Garderobenspiegel. „Alles weiß von der Wandfarbe!", stöhnte er und Tränen schossen in seine Augen. Er hasste sich, er hasste sein Leben, seinen Flur, sein weiß gewordenes Jackett mit Kaschmiranteil. „Auf keinen Fall in die Waschmaschine! Das muss in die Reinigung!", sagte er barsch, zog das Jackett aus und warf es in die Ecke wie ein

Kind seine Schulmappe und seinen Turnbeutel, den Anorak, die Schuhe, nach fünf Stunden Schule am Sonnabend.

Jetzt wischte sich Galina die Augen und Mühlberger schämte sich. Seit er denken konnte, schämte er sich hochfrequent. Lächerlich war das. Er schämte sich inzwischen auch des Schämens. Als Mühlberger grinste, lächelte Galina. Sie hielt es sicher nicht für einen Stimmungsumschwung. Aber sie war klug und registrierte freudig die kleinste Entspannung. Das würde ab jetzt ihr Alltag sein. Das Freuen auf kleine Entspannungen der Lage.

Sie ging ins Wohnzimmer. Vor den Panoramafenstern war es nun hell geworden. Winterlich, milchig hell. Die Sonne stand hinter den Wolken oder hinter dem Morgennebel, das konnte Galina nicht sagen. Das Gestirn musste irgendwo sein, lauernd, in Position. Falls Wolken wegzogen oder Nebel sich auflöste. Dann würde die Sonne strahlen. Sie würde die schmutzigen Nasen an den Panoramascheiben sichtbar machen. Galina würde jetzt gern Fenster putzen. Eine Tätigkeit, die große Bewegungen zuließ, die sie mit weiter Brust machen konnte, tief atmend. Wenn Mühlberger weg war, würde sie den Abzieher holen. Sie bestellte das Taxi und zog sich zurück.

Mühlberger nahm ein neues Jackett vom Haken, dann noch einen warmen Mantel und zum Schluss zog er Halbstiefel an. Seine Haut brannte, die Berührung durch die Kleidung tat weh.

Rum und Zufallsbekanntschaften

Draußen hupte es ununterbrochen. Wütend darüber, dass er sich vom vorwurfsvollen Hupen des unbekannten Taxifahrers ärgern ließ, riss Mühlberger die Eingangstür auf und stürmte ins Freie. Der erste Atemzug in der kalten Luft tat in seiner Kehle weh und er hustete. Er merkte, wie die Wirkung des Cognacs nachgelassen hatte. Er gab dem Taxifahrer ein Zeichen und ging ins Haus zurück. Drinnen hinterließen seine Schuhe feuchte Abdrücke, aber er ging weiter und nahm die fast leere Cognacflasche von der Kommode. Er griff seine Aktentasche und legte die Flasche hinein, nachdem er getestet hatte, dass der Verschluss dichthielt.

Er setzte sich im Taxi nach hinten, um möglichst unbehelligt zu bleiben, falls der Fahrer seine philosophischen fünf Minuten hatte oder jemanden zum Reden brauchte.
„Klinikum Sankt Georg bitte."

„Guten Tag wäre schön gewesen", sagte der Fahrer. Na klar, dachte Mühlberger bei sich, die Menschen wissen ja nicht, was ihm passiert war und wie ihm zumute ist. Er riss sich zusammen und murmelte „Guten Morgen."

„Geht doch", bemerkte der Fahrer. Mühlberger schwieg ein Schweigen, das nicht zum Unterbrechen ermutigte und der andere Mann sagte nichts mehr.

Mühlberger dachte, dass er jetzt keinen Grund mehr hatte, immer gute Miene zum wer weiß was für ein Spiel zu machen. Anderen gefallen, sich keine Feinde machen ... das spielte jetzt keine Rolle mehr. Er hatte niemanden mehr zu beschützen außer sich selbst. Und er war es nicht wert. War es vielleicht nie gewesen. Aber das wollte er später noch einmal zu Ende denken.

Er musste eingenickt sein, denn er schreckte auf, als sein Fahrer brüllte: „Wir sind da. Sankt Georg, Haupteingang." Mühlberger bezahlte bar, gab ein hohes Trinkgeld, weil es ihm egal war und lief auf die Plastik vom Heiligen Georg zu, der hier dauerhaft auf den Drachen einstach mit seiner Lanze. Die Bronze war in den Falten des Gewandes des Heiligen grün geworden wie die rundliche Kupferkuppel der Krankenhaus eigenen Kapelle.

In den Kreuzgängen des ehemaligen Klosters standen die Raucher vor der Inschrift „Ora et labora" und schlugen die Zeit tot. Der Heilung von psychischen Erkrankungen konnte man in der Regel nicht optimistisch entgegen schauen wie der Heilung eines gebrochenen Armes. Man wusste schlicht nicht, ob sie je eintreten würde, diese Heilung. Es war mit den psychischen Krankheiten wie mit den wirklich schlimmen körperlichen Krankheiten wie Krebs oder Multipler Sklerose, Parkinson und Alzheimer. Die Inhaber dieser Gebrechen mussten sich mit kleinen Verbesserungen oder keiner Verschlechterung ihres Zustandes begnügen.

Die Glocke im Turm bimmelte dünnstimmig. Ein Armesünderläuten, dachte Mühlberger. Es klang enttäuscht und enttäuschend. Kraftlos wie er selber. Er trat hinter eine Säule, ein Stück entfernt von den Rauchern und öffnete seine Aktentasche. Er nahm die Cognacflasche und trank einen großen Schluck. Etwas Minziges führte er nicht mit sich, um den Atem zu klären. Er trank sonst nicht über Tag.

Er fragte sich durch, und die große Tür zur Station Sieben öffnete sich mit einem puffenden Geräusch, als er sich ihr näherte.

Der Flur der Station war in freundlichen Farben gehalten und auch die Möbel so ausgesucht, dass jedes Bild antiquierter Psychiatrie, das man im Kopf haben könnte, Lügen gestraft wurde. Das war ihm schon bei früheren Besuchen, als Nathalie noch lebte und auf Besserung ihres Zustandes hoffte, aufgefallen. Ihm war in den Sinn gekommen, dass sie etwas Angenehmes sah, egal, wie mies es ihr gerade ging. Der Flur war leer und so ging er mit quietschenden Schuhen über das Linoleum und wandte sich zum verglasten Schwesternzimmer, wo er eine der Schwestern sah, die er schon kannte.

Sie saß hinter der offenen Luke und tippte etwas in den Computer ein. Sie beendete die Aufgabe, ohne bei dem Geräusch, das sein Erscheinen machte, aufzusehen. Mühlberger schaute auf die Filtermaschine im Hintergrund, aus der mit gurgelndem Geräusch Kaffee rann. Er hätte gern eine Tasse getrunken und leckte sich über die trockenen Lippen. Da kam von rechts der Pfleger mit dem dünnen Bärtchen am Kinn, das von einer Perle zusammengehalten wurde. Den kannte er auch und freute sich, dass der daherkam.

„Sie sind Martin, nicht?", fragte er freundlich; er hätte um eine Nettigkeit gefleht, wenn er keine bekommen hätte, so traurig war er. Aber bei Martin war das nicht nötig. Der arbeitete außerhalb seines Dienstes in einer Eichhörnchenauffangstation, das hatte er von ihm erfahren. Vielleicht hatte ihm auch Nathalie davon erzählt, genau wusste er es nicht mehr.

„Ja, Herr Mühlberger, das bin ich. Mein herzliches Beileid zum Tod von Nathalie. Es tut mir unfassbar leid." Mühlbergers Beine fühlten sich warm und wattig an. Er wankte auf einen der bunten Stühle zu und ließ sich auf den Sitz fallen. „Ein Glas Wasser?", fragte Martin. „Ja und einen Kaffee hätte ich gern. Schwarz", flüsterte Mühlberger und blieb sitzen.

Da puffte die Automatiktür und mit wehenden Kittelschößen eilte Doktor Hahnefeld über den Gang auf Mühlberger zu. Noch im Gehen streckte der Arzt den Arm aus und schüttelte Mühlberger die Hand, bevor dieser aufstehen konnte. Mühlberger verbarg seine Ängste gern hinter vollendeter Höflichkeit, war jedoch in diesem Augenblick froh, dass er sitzen bleiben konnte. „Mein herzliches Beileid zum Tod Ihrer Tochter", sagte Hahnefeld noch einmal, etwas zu laut, und seine schneeweißen Zähne in seinem braungebrannten Gesicht sahen aus, als wollten sie weglaufen von ihrem angestammten Platz, vorpreschen, so energisch und gesund wirkten sie.

„Schön, dass Sie da sind, schön, schön", murmelte der attraktive Arzt während er – matter als erwartet – neben Mühlberger Platz nahm. Dann war es still. Mühlberger trank einen großen Schluck Kaffee und gleich auch einen großen Schluck Wasser. Dann stellte er die Gefäße wieder auf den Boden, neben seine großen Füße.

Mühlberger war lang und dünn. Wenn er saß, wirkte er immer irgendwie hingeknickt, geflätzt. Doktor Sven Hahnefeld sah neben ihm aus wie ein aufmerksamer Schüler, der, mit aufgerecktem Kopf in der Reihe sitzt, bereit, sich leidenschaftlich mit emporgerissenem Arm, zu melden. Mühlbergers Herz fühlte sich auf einmal an, als griffe die berühmte kalte Hand an das Organ, eine geharnischte Hand. Der Arzt rang offenbar nach Worten. Das war schlimmer, als jede wohlgesetzte Rede.

Für Mühlberger waren Ärzte, vor allem die, die seine Frau behandelt hatten, gefühllose Verwalter des Todes, Sensenmannmanager, selbstherrliche Regisseure des Finales. Mühlberger war nicht dumm, er hatte an der Humboldt-Universität Berlin Literatur studiert, er lehrte selbst. Er wusste, dass die Ärzte seiner Frau hatten helfen wollen. Aber er konnte nicht mehr klar denken. Wie lange eigentlich schon nicht mehr? Das fragte er sich, während er darauf wartete, dass der Psychiater zu sprechen begann.

„Ich habe Nathalie behandelt. Sie hatte eine schwere Depression, das war das aktuelle Problem. Für schlimmer hielt ich allerdings ihre Angststörung. Oft verhindert die, dass die Patienten positive Erfahrungen machen können. Beispiel, jemand hat Angst vor Reisen. Er vermeidet die Anstrengung, sich als Reisender auszuprobieren. Er macht also weder die Erfahrung, wie schön andere Länder sein können, noch kann er sich beweisen, dass er trotz seiner Ängste reisen kann. Das Medikament, das ich Ihrer Tochter gab, war ein Antidepressivum. Das minimiert auch die Ängste. Aber nicht so effizient, dass keine Bedarfsmedikation nötig wäre. Die bekam ihre Tochter auch. Auf Anfrage, von den Schwestern oder den Pflegern."

„Aber wovor hatte meine Tochter Angst!", rief Mühlberger, der Ängstliche, drolligerweise empört.

„Es war eine generalisierte Angststörung. Sie war grundsätzlich auf einem hohen Anspannungslevel, meist schon alarmiert, bevor etwas geschah." Er schwieg und schaute auf seine ausgestreckten Beine. Dann fuhr er fort: „Ich erzähle Ihnen das, um zu begründen, warum ich für eine Obduktion bin. Nathalie war körperlich vollkommen gesund, so habe ich das jedenfalls eingeschätzt. Die verordneten Medikamente können meines Erachtens nicht einen Herzinfarkt oder ein ähnliches Ereignis auslösen. Darüber hinaus erzählten mir die Schwestern und Pfleger, dass niemand sie besucht hat, der den Eindruck erweckt hätte, ihr schaden zu wollen. Aber sicher kann man da nie sein, wir machen keine Taschenkontrollen. Theoretisch könnte jeder, der hier zu Besuch kommt, Substanzen einschleusen, die gefährlich sind. Summasummarum ...", der Doktor machte eine Pause, in der er auf seine handgenähten Halbschuhe sah, mit denen er bei diesem Wetter nicht weit kommen dürfte, „kann ich es nicht mit meinem Gewissen vereinbaren, auf den Totenschein zu schreiben, Herzversagen, basta."

„Und was wollen Sie nun von mir?", fragte Mühlberger, der seine wollene Anzughose glattstrich, die er seit gestern ununterbrochen getragen hatte.

„Ich möchte Ihre Einverständniserklärung einholen. Für die Autopsie."

Mühlberger, dessen Vorlesungsreihe die Verfilmung von literarischen Stoffen zum Thema hatte, hatte genug Filme gesehen, in denen tote Körper auf metallenen Sektionstischen lagen. Auch die Brust seiner Frau mit dem Tumor darin lag in irgendeinem Regalfach in der Schweiz. Sie war in einer Studie gewesen für die Chemotherapie und irgendjemand hatte ihm erzählt, dass die Tumore jahrzehntelang eingelagert werden, für wissenschaftliche Zwecke. Tumor in Brust in Nierenschale. In Mühlbergers Kopf plapperte es, tausend Stimmen, hohe, tiefe, weibliche, männliche, quiekende, klagende Stimmen. Seine Lippen waren taub. Er hatte das Gefühl, gleich umfallen zu müssen, da hörte er Hahnefelds Stimme: „Atmen Sie, atmen!"

Mühlberger glotzte ihn an und sagte: „Ja, lassen Sie nachschauen, was mit Nathalie war. Bitte."

„Gut", sagte der Arzt knapp. Er tätschelte Mühlbergers Schulter und stand dabei auf. Offensichtlich kombinierte der Arzt immer mehrere Handlungen, um Zeit zu sparen. Doch plötzlich hielt er inne: „In diesem Fall übernimmt das Krankenhaus die Kosten der Obduktion."

„Ach so, ja, danke", sagte Mühlberger.

Doktor Hahnefeld eilte mit wehenden Kittelschößen davon. Mühlberger stand auf, bückte sich, hob die Kaffeetasse und das Wasserglas auf und brachte das Geschirr an die Luke des Schwesternzimmers. Er bekam ein freundliches Lächeln. Er erntete gern Lächeln.

Als er draußen beim Drachentöter stand, klingelte es wieder, das Armesünderglöckchen. Herzzerreißend, hallos. Die Raucher standen in der feuchten Luft und ließen die Zeit in blaugrauen Dunst aufgehen. Sie wirkten nicht unzufrieden. Wahrscheinlich war es dort, wo sie herkamen, aus Wohnungen, Kaschemmen, von Werkbänken oder der Straße, weit weniger erbaulich gewesen, als es hier war.

Kalt fuhr es Mühlberger durch den Magen; er musste ja in Nathalies Wohnung! Dort würde es winterlich frisch sein und verlassen, die Blumen welk, die Luft trotz der Kälte vermutlich nach Nathalie und Papier und schlimmstenfalls nach Müll riechen, falls sie es nicht geschafft hatte, ihn vor der Einlieferung rauszubringen. Mühlberger lächelte. Er dachte an Franzi, die in Nathalies Wohnung stand und blass war. Unruhig hin und her schaute. Im Fluchtmodus blieb, auch wenn sie auf dem Sofa saß. Hervorbrachte: „Wie, wie kann es passieren, dass Büroklammern neben der Butter zu liegen kommen?" Nathalie hatte dann die Augenbrauen hochgezogen und sich vermutlich gefragt, in welcher Welt das nicht passieren konnte. Ja, es war gut möglich, dass ein Rest Müll in Nathalies Küche vor sich hin faulte.

Der Schlüssel musste in Nathalies Tasche sein. Warum hatte ihn niemand daran erinnert, dass er die Tasche mitnehmen kann? Weder die Pfleger noch der Arzt hatten etwas gesagt. Wer weiß, vielleicht durchwühlte dieser Doktor Hahnefeld die Tasche eigenmächtig.

Mühlberger hatte schon einmal erlebt, dass er die ganze materielle Wucht eines vergangenen Lebens übergeholfen bekommen hatte. Papiere, Verträge, Versicherungen, Beteiligungen, Briefe, Tagebücher, Kalender, Kleidung, Schmuck. Es hatte sich angefühlt wie ein tonnenschwerer Mantel. Er brauchte sehr viel Energie für jede Bewegung, weil er sie unter einem Widerstand ausführte. Denn eigentlich wollte er nur liegen. Steif und in absoluter Stille. Und auch das Denken war enorm schwierig geworden. Es war, als wären seine kleinen grauen Zellen sperrige Splitter, die sich knirschend aneinander rieben, alle Gedanken nur zeitverzögert herausgaben.

Nun, da er abgestreift war, der Mantel, die Reste von Franzis Leben abgearbeitet waren, beseitigt, weggeworfen, gekündigt, entsorgt, kam ein neuer Mantel herabgerauscht wie ein Fahrstuhl, dessen Halteseile gekappt worden waren.

Mühlbergers Gehirn fühlte sich entzündet an. Er, der Defensive, der sich immer alles vom Hals gehalten hatte, der die Gefühlsäußerungen von Franziska und Nathalie gefürchtet hatte und sich dagegen verwahrt, er wurde aufs heftigste konfrontiert.

Er holte seine Flasche aus der Aktentasche und nahm noch einen Schluck. Sein müdes, wundes Inneres verwandelte sich in ein molliges, seelenruhiges. Er trat, wie er erstaunt bemerkte, kraftvoll den Rückweg an, setzte ein langes dünnes Bein vor das andere, schwang die Arme. Dann hielt er wieder, trank nochmal. Er bemerkte, wie die Flasche leer wurde. Irgendwo mochte eine akzeptable Kneipe in der Nähe sein. Er schritt aus und sah eine, die den Namen „Spelunke 100" trug. Er fand das ausgesprochen interessant, denn wie man auf so einen Namen kam, konnte er sich beim besten Willen nicht vorstellen. Gab es in der Stadt noch 99 andere Spelunken? Deutschlandweit? Europa- oder weltweit? Kam man in dieser Spelunke von null auf hundert?

Mühlberger betrat die Kneipe. Hier fiel seine Fahne wenigstens nicht negativ auf, wenn überhaupt.

Vor dem Arzt hatte er sich schon geschämt. Dieses Schämen wollte mit zunehmendem Alter nicht besser werden, geschweige denn aufhören. Das Sinnvollste würde sein, es hinzunehmen, vielleicht sogar zu kultivieren, wie ein exzentrisches Hobby.

Hinter dem kleinen Tresen stand der Wirt, in Lederweste. Mühlberger würde nie verstehen, wie ein Mann sich morgens entscheiden konnte, eine Lederweste zu tragen. Er sah eine Flasche „Käpt'n Morgan" im Regal. Der Pirat auf dem Etikett hatte ein Bein auf ein Fass gestellt und strotzte vor Unternehmungslust und Entschlossenheit.

Mühlberger grüßte den Wirt und der grüßte unwillig zurück. Er schien einer von denen zu sein, die Neue anders begrüßen als Stammgäste. Mühlberger war enttäuscht. Trotzdem fragte er, „kann ich bitte eine Flasche Käpt'n Morgan haben? Und ein Glas, bitte." Der Wirt riss die Augen auf. Irgendetwas hatte Mühlberger wohl falsch gemacht. Dann jedoch nahm der Wirt die Flasche, die Buddel Rum, aus dem Regal, schraubte sie auf, holte ein Glas und goss zwei Finger breit ein. Mühlberger bedankte sich artig und ging mit Flasche und Glas durch den schummrigen Raum. Im hinteren Zimmer saßen ein paar Leute und er wollte sich lieber zu denen setzen. Nicht direkt zu den Leuten, aber in ihre Nähe.

Sie hatten einen Bluetoothlautsprecher auf dem Tisch und einer suchte in seinem Handy nach Musik. Mühlberger nickte mit dem Kopf in die Runde und setzte sich an einen kleinen Zweiertisch. Er trank. Als die Gruppe „Der Himmel brennt, die Engel flieh'n" von Wolfgang Petry mitsang, schaute er vorsichtig in die Richtung der Gemeinschaft, deren Mitglieder sich offenbar besser kannten. Zwei Frauen hatten blasse Gesichter, dunkle lange Haare und Augen, die mit einem schwarzen Kajalstrich auf den Lidern auffielen. Sie hätten Schwestern sein können. Auf jeden Fall sahen sie einander ähnlich, was aber auch dadurch kommen konnte, dass beide auf dieselbe Art verdrossene Blicke in Richtung Mühlberger schickten. Obwohl der Alkohol schon das Seinige getan hatte. Denn sonst hätten sie nicht plötzlich begonnen, mitzusingen.

Neben den unfrohen Schwestern im Geiste saß ein etwa sechzigjähriger Mann mit sehr dickem Bauch und ein junger im Blaumann. Der dritte, ein Kahlkopf um die vierzig war stark tätowiert und trug eine Kette mit dem Eisernen Kreuz um den Hals. Der Dicke erzählte Schnurren aus seinem Leben als Selfmademan. Er war amüsant, soviel bekam Mühlberger mit. Aber er fragte sich auch, wo sein ganzes Geld geblieben war, dass er am Ende in „Spelunke 100" gelandet war.

Nach einiger Zeit ging das Gespräch in eine andere Richtung. Der Mann mit dem Eisernen Kreuz fragte die beiden Frauen, ob sie Lust hätten, in BDM-Uniform Modell zu stehen. Sein Freund mache historische Fotos. Die beiden Damen schienen geschmeichelt, hatten aber dann doch keine Lust, mit diesem Freund solchen Unfug zu machen.

Mühlberger hörte immer ungenierter zu, was nicht einfach war, weil die Kelly Family gerade ziemlich laut „An Angel" sang. So wie er war, rechnete er damit, dass ihm sein Gelausche teuer zu stehen kommen würde. Sein Nacken und seine Schultern waren angespannt. In Erwartung eines „Anschisses" dachte er und grinste. Es war ein Wort aus seiner Kindheit. Er hatte das dritte Glas Rum eingegossen.

Ob es schmeckte, konnte er nicht sagen. Der Alkohol tat den Dienst, den er tun sollte. Das genügte ihm.

Mit einem Windhauch kam eine blonde Frau um die dreißig ins Hinterzimmer. Als die Frischluft um seine Nase wehte, bemerkte Mühlberger erst, dass die Luft hier hinten stand. Grau stand. Denn hier durfte geraucht werden. Er hätte jetzt gern eine Zigarette gehabt. Ob er fragen sollte?

Mühlberger saß in einer Ausbuchtung der Zeit, hatte sich in die Büsche geschlagen, der Hauptweg sah ihn nicht mehr. Er würde dort hocken, bis er nichts mehr spürte. Dann würde er den Hauptweg wieder betreten müssen.

Die Blonde rannte auf den Blaumann zu. Der war offensichtlich ihr Freund oder Mann. Er wirkte viel jünger als sie. „Manuel!" Manuel zuckte zusammen. „Ich denke, du bist auf der Arbeit!" Manuels Gesicht wurde blasser, als es vorher schon war. „Sabine, ich, ich."

„Was. Ist. Los ?" Sabine machte hinter jedem Wort eine Pause und war offensichtlich in Panik, da sie sich eines Betrugs auf der Spur wähnte. Und wie Manuel aussah in seinem fabrikneuen Arbeitsanzug, schien es sich auch so zu verhalten.

Mühlberger sah ungeniert von einem zum anderen. Er war jetzt so betrunken, dass er es auch ertragen hätte, einen Anschiss wegen hemmungslosem Starren zu bekommen.

„Setz dich, Sabine", sagte der dicke Selfmademan ruhig. Seine Arme lagen verschränkt auf seinem Bauch.

Sabine setzte sich neben die beiden Kajal-Frauen und schaute erwartungsvoll in die Runde. Vermutlich begann sie, Gruppenbetrug zu wittern. Mühlberger musste ihr zustimmen. Es sah so aus, als wüsste die ganze Truppe, was Manuel auf dem Kerbholz hatte.

„Sabine. Ich bin rausgeflogen."

„Aus der Autowerkstatt? Wie das? Autos gehen immer kaputt!"

„Daniel ist pleite."

Sabine schwieg. Dann sah man deutlich, dass ihr etwas siedend heiß einfiel. „Und unsere Einlagen in den Betrieb?"

„Auch weg." Manuel schaute zu Boden.

„Und warum hockst du hier im Blaumann?"

Alle in der Gruppe setzten sich gerade hin. Jetzt kam die Auflösung. Mühlberger glaubte zu wissen, dass Manuel jetzt gleich auspacken würde.

Du bist so ein Schisshase und Marmeladenherzchen, hatte Mühlbergers Vater einst geurteilt, immer wenn es um etwas ging und Mühlberger ihm nicht mutig genug war. Häng dich auf, kam wohl auch einmal, als er so richtig unten war. Eins war klar: Mühlberger erkannte, wenn jemand einknickte. Und er lag richtig.

„Ich bin schon vier Wochen so gegangen, aber nicht zur Arbeit. Ich bin spazieren gewesen und dann hierher gekommen. Sabine, ich wusste nicht, wie ich es dir sagen soll … Sabine!"

Sabine schaute auf Manuel, dann in die Runde. Dann ging sie schweigend hinaus. Wind stahl sich in das Hinterzimmer. Nach einer Weile sagte der Mann mit dem Eisernen Kreuz: „Es war Sabines Geld, wa? Das in der Werkstatt steckt?"

„Ja", sagte Manuel.

„Manchmal möchte ich schon mit dir", sang Roland

Kaiser. Und Mühlberger wippte rhythmisch mit dem Kopf. Die Mitglieder der Gruppe um Manuel richteten nacheinander ihre Blicke auf Mühlberger. Manuel hatte damit angefangen. Es war ein hilfesuchender Blick. Der Dickbäuchige schaute skeptisch, der Eisernes-Kreuz-Träger misstrauisch und die Frauen abgebrüht. Mühlberger grinste. Die Flasche vor ihm war halb leer. Rasch wandten sich die Augen der Gruppe wieder von ihm ab, bis auf die von Manuel. Der schien einen väterlichen Freund zu brauchen.

„Ich hab unfreiwillig mitgehört, was passiert ist", begann Mühlberger. Manuel stand auf und setzte sich, ein wenig wie in Trance, an Mühlbergers Zweiertisch. Mühlberger nickte in Richtung seiner Flasche: „Wollen Sie?" Manuel stand auf und ging in den vorderen Raum. Er kam mit einem leeren Glas wieder, in das er sich „Käpt'n Morgan" einschenkte.

„Verstehen Sie, dass ich wochenlang jeden Morgen zur Arbeit gegangen bin, obwohl ich schon keine mehr hatte? Arbeit?"

„Ich verstehe das. Sie wollten keinen Streit mit Ihrer Frau. Weil Sie sie lieben."

„Ich denke, er ist feige!", posaunte der Dickbäuchige. Alle tranken schweigend. Im Internet schien keine Musik mehr zu sein, denn es war still. Man hörte das Knistern, das entstand, als eine der Frauen stark an ihrer Zigarette zog.

„Ich möchte auch rauchen", konstatierte Mühlberger. Manuel entnahm der Brusttasche seines Blaumanns eine Zigarettenschachtel und gab Mühlberger eine Zigarette und Feuer. Kurz hatte Mühlberger, der das Rauchen nicht gewöhnt war, das Gefühl, umfallen zu müssen, aber das gab sich wieder. Auf jeden Fall wusste er jetzt, dass er kurz vor volltrunken war.

„Meine Frau hatte ein Burnout und war in der Klinik", sagte Manuel. „Oh, das tut mir leid", antwortete Mühlberger. „Deshalb wollten Sie sie nicht beunruhigen."

„Ja. Das stimmt. Aber ich habe mich auch vor meiner Mutter geschämt. Und vor allem vor meinem Vater."

„Der ist doch tot!", riefen die Frauen unisono.

„Ja, aber. Er nannte mich vollgeschissene Menschenhaut, wenn er getrunken hatte. Mutti ist dann mit mir ausgezogen. Aber ich wollte ihn trotzdem überzeugen, dass ich zu was tauge! Und wenn er zehnmal gestorben ist!"

Mühlberger musste schlucken. Es gelang ihm erst beim dritten Anlauf, so eng war sein Hals. „Meine Tochter war auch in der Klinik. Sie ist tot."

Manuel riss die Augen auf und biss sich auf seine Lippen. Am Tisch schwiegen alle. „Sie war in der psychiatrischen Klinik Sankt Georg. Hier, gleich um die Ecke."

„Meine Frau auch!", Manuel wurde laut. „Meine Frau war auch dort!"

„Aber sie lebt", stellte Mühlberger fest. „Und das ist gut."

„Genau!", Manuel stand auf und rief „Danke, Mann, danke und alles, alles Gute!" Und schon war er hinausgelaufen.

Plötzlich fühlte sich Mühlberger ausgebrannt und so traurig, dass er nicht sitzen bleiben konnte. Er nickte in die Runde am Nebentisch, zog seinen Mantel an, steckte die fast leere Flasche Rum in die Aktentasche. Sie klirrte mit der anderen zusammen, die schon drin lag. Dann ging er. Draußen stieß er fast mit Manuels Frau Sabine zusammen.

„Tschuldigung", murmelte Sabine.

„Ihr Mann ist gerade raus", teilte Mühlberger der Frau mit.

„Ach Mensch, da haben wir uns knapp verpasst."

„Ich denke, er wollte zu Ihnen."

„Gut, dann fahre ich wieder nach Hause." Sie wandte sich zum Gehen, da hielt sie Mühlberger am Arm fest: „Sie waren in Sankt Georg in den letzten Wochen?" Sabine war es offenbar sehr unangenehm, in einer Psychiatrie gewesen zu sein. Widerwillig gab sie Auskunft: „Mhm. Ja. In der Akutphase. Ich habe wohl zu viel um die Ohren gehabt ... Wieso fragen Sie?"

„Na weil ...", Mühlbergers Lebensgeister kehrten zurück, „weil meine Tochter Nathalie auch dort war."

„Nathalie? Klar! Ich kenne sie. Das ist ja witzig."

Mühlberger stand da und plötzlich überkam ihn die Wut. „Das ist überhaupt nicht witzig!", schrie er, „Nathalie ist in Ihrem bescheuerten Krankenhaus gestorben!" Und als Sabine ihn entgeistert ansah: „Gestern!" Er schwankte. Der Cognac und der Rum schwappten in seinem Magen hin und her.

„Das tut mir so leid", sagte Sabine, ohne sich provozieren zu lassen. Mühlbergers Gesicht wurde heiß.

„Es tut *mir* leid", stammelte er und schämte sich.

„Woran ist sie denn gestorben, wenn ich fragen darf?" Sabine berührte ihn leicht am Arm und das tat unglaublich gut.

„Na ... das weiß Doktor Hahnefeld nicht so genau."

„Aha. Doktor Hahn im Feld. Er hält sich für unfassbar sexy und viele Patientinnen fanden das auch."

Sabine plapperte nun drauflos und irgendwie war das eine gute Idee in dieser Situation. „Er hatte so ein Steckenpferd ... Moment mal ... das gebrochene Herz Symptom. ... Nee. Syndrom."

Mühlberger wurde hellhörig. „Bei Nathalie hat er gezögert, als Todesursache Herzversagen anzugeben. Das verstehe ich, sie hat ja nie getrunken, nie geraucht." Er sah, wie Sabine die Augenbrauen hob. „Nicht? *Hat* sie geraucht und getrunken? Seien Sie ehrlich."

„Jooo. Schon. Hat sie erzählt, und rauchen sind wir immer zusammen gewesen. Aber trotzdem. Sie war erst Anfang zwanzig."

„Auf jeden Fall hat der Doktor eine Autopsie angeordnet."

„Ach so? Kann er das?"

„Er hat mich um Zustimmung gebeten und ich habe sie ihm gegeben, obwohl ich mir nicht vorstellen mag, wie ..." Er verstummte. Sabine sah ihn an.

Sie war dunkelblond und ein blitzendes Nasenpiercing zierte ihre gerade Nase. Es sah aus wie ein Überbleibsel aus einer besseren Zeit. Mühlberger konnte sie sich vorstellen, in einem Club, tanzend. Ihr Gesicht war ebenmäßig, ja sogar hübsch und dennoch war es eines dieser Gesichter, von denen man denkt, man würde es nicht unbedingt wiedererkennen.

Nathalie dagegen. Nathalie war schön gewesen. Mit ihren hohen Wangenknochen, ihrer leicht gebogenen Nase und dem großen Mund. Mühlberger weinte. Das heißt, er weinte nicht mit einem Schluchzen, sondern Tränen rannen ihm aus den Augen. Er spürte in seinen Handflächen, wie es sich anfühlte, über Nathalies feines hellblondes Haar zu streichen.

Sabine umarmte ihn. Sie hielt ihn eine Weile, dann bot sie an, ihm ihre Telefonnummer zu geben, falls er reden möchte. Sie kramten beide ihre Handys aus den Taschen. Nachdem sie ihre Nummern getauscht hatten, fiel Sabine wieder ein, dass auch sie ein Problem hatte, das sie lösen wollte. Sie drehte sich um, grüßte über die Schulter und lief fort.

Mühlbergers Zähne klapperten. Er war durchgefroren. Es war inzwischen dunkel geworden und er ging ein Stück, trat auf das gelbe Laub am Boden, das glänzte vom Nieselregen und, so als Teppich, schön aussah. Dann nahm er sein Handy und rief ein Taxi.

Zuhause angekommen, wollte er Galina begrüßen. Er klopfte sogar an ihre Tür und wartete nicht, dass sie hinunterkam. Sie war sehr froh, auch wenn sie fand, dass er erbärmlich aussah.

Er sagte, dass er im Krankenhaus gewesen war und erzählte ihr sogar von seiner seltsamen Kneipenerfahrung. Sie lachten. Es war friedlich. Dann schlug Galina vor, dass er schlafen gehen könnte. Mühlberger hatte große Angst davor, allein zu sein und fragte sie, ob sie einen Tee machen würde.

Eigentlich brauchte er Galina schon lange nicht mehr. Seit Franzis Tod nicht mehr. Sie hatte ihn bei der Pflege unterstützt und natürlich im Haushalt geholfen. Denn in Sachen Haushalt war Mühlberger nicht gut. Er steckte in selbstverschuldeter Hilflosigkeit fest. Das war ein Armutszeugnis. Und eigentlich hatte er – aller Pflichten enthoben –

viel zu viel Zeit zu trauern und sich zu bemitleiden. Nun aber war eine neue Situation entstanden. Er konnte tatsächlich nicht mehr für sich sorgen. Und Galina war längst auch eine Vertraute geworden. Zwar fühlte sich jede privatere Unterhaltung etwas falsch und klandestin an, aber es gab sie. Von Verbrüderung weit entfernt, war Galina zu einer loyalen Begleiterin durch seinen Alltag geworden.

Natürlich war da noch Xaver Leonard. Sein Baal. Der teigige, voluminöse Mann war der graziöseste Denker, den es gab. Er war leichtfüßig in der Kommunikation, dachte vielschichtig, und wenn er fotografierte, sprang er herum als hätte sich sein Gewicht in Auftrieb verwandelt. Wenn er arbeitete, sah es aus, als lichte er erotisiert Victoria's Secret-Models ab. Dabei war er Tatortfotograf. Von Hause aus war er Germanist wie Mühlberger. Sie hatten beide in den achtziger Jahren in Berlin an der Humboldt-Universität studiert. Weil Leonard seine Klappe nicht halten konnte, war er sehr früh ohne Abschluss in einer Bibliothek gelandet, wo er Bücher auslieh, wieder in Empfang nahm oder stempelnd verlängerte. Er las in dieser Zeit und auch davor und danach ungeheuer viel.

Während Mühlberger eifrig mitschrieb, abschrieb, unterstrich und doch vieles vergaß, schien sich Leonard alles zu merken. Es war teuflisch. Der Mann warf zu jeder Gelegenheit mit Zitaten um sich, die er auch noch verstanden hatte.

Mit Xaver wollte Mühlberger sprechen. Nachdem er eine Weile mit Galina in der Dunkelheit des Wohnzimmers gesessen hatte, sah er in der Fensterscheibe, dass er noch Schuhe und Mantel trug. Er zog beides aus. Galina nahm die Sachen und brachte sie schweigend in die Diele. Als sie hörte, dass Mühlberger wählte, ging sie in die Küche. Sie war wild entschlossen, Mühlberger dazu zu bringen, zu essen. Sie bereitete Sarmale zu. Denen konnte Mühlberger eigentlich nie widerstehen.

Mühlberger wartete darauf, dass Xaver ans Telefon ging. Er hatte auf dem Festnetz angerufen. Xaver war oft daheim, las, schrieb, aß und trank ohne Publikum.

„Leonard!"

„Hallo, Xaver!"

„Mühli? Wie kommt's?"

„Ja, ich weiß, ich hab lange nicht angerufen. Es tut mir leid."

„Alles gut. Was gibt es?"

„Du, gestern habe ich die Nachricht bekommen, dass Nathalie gestorben ist." Schweigen. Mühlberger hörte, dass Xaver sich eine Zigarette ansteckte. Er sah ihn vor sich, in seiner kalten, verrauchten Wohnung. In der einen Hand das Glas mit dem Rotwein. In der anderen die Zigarette. Vor sich eine Fleischwurstsemmel.

Mühlberger war immer wieder überrascht, wie viele Klischees es wirklich *gab*. Und, wie wenig man es glauben würde, wenn er niederschriebe, was ihm widerfahren war. Eine solche Häufung von Unglück! Der Autor übertreibt aber gewaltig, würden die Leser sagen! Das dachte Mühlberger. Als ein Schicksalsschlag auf den anderen folgte. Er schaute sich in seinem Leben um und dachte, kann das wahr sein? Oder wie Nathalie gesagt hätte: „Echt? Dein Ernst?"

Mühlberger erinnerte sich an sein Gespräch und sagte: „Xaver? Bist du noch dran?"

„Ja. Das ist entsetzlich! Ich kann es gerade nicht glauben. Was ist passiert?"

„Na, Nathalie soll in der Klinik, wo sie war, an einem Herzversagen gestorben sein, und der Arzt hat eine Obduktion angeordnet."

„Scheint mir vernünftig."

„Ja, ich habe auch zugestimmt."

„Soll ich vorbeikommen?"

Mühlberger konnte nicht fühlen, ob das eine gute Idee war. Er wand sich: „Keine Ahnung."

„Ich mach mich auf den Weg. Wenn du mich nicht erträgst, verschwinde ich wieder."

„Gut. Du bist der Beste!"

„Ich weiß."

Mühlberger freute sich auf seinen Freund. Er rief Galina, die herbeieilte, während sie sich die Hände an der Schürze abwischte. „Liebe Galina, haben wir noch Rotwein?"

„Denke ja."

„Gut, dann machen Sie bitte schon einmal eine Flasche auf. Wir bekommen Besuch!"

„Ach fein. Ich mache auch Sarmale."

„Da wird sich Xaver freuen."

„Sie sollen auch essen, nicht nur Xaver." Mühlberger sah Galina an, dass sie nicht begeistert war von der Vorstellung, wie ihr Hackfleisch in Kohlblättern in Xaver Leonard verschwand. Der dicke Mann ist nicht freundlich, hatte sich Galina einmal beklagt. Sie hatte, wahrscheinlich auch auf Grund der Sprachbarriere, übersehen, wie liebevoll und feinfühlig Xaver war. Da er es aufgrund seiner Gestalt nie leicht gehabt hatte, war in ihm eine demütige Haltung gewachsen. Er rechnete in jedem Augenblick damit, beleidigt, abgewertet zu werden. Diese Demut war in einigen Augenblicken peinlich, manchmal grotesk, aber auch charmant. Da auch Mühlberger vom Schicksal nicht verhätschelt worden war, ergingen sich beide oft in einem verbalen Schlagabtausch, der auf Galina wohl zynisch wirkte.

Sie unterhielten sich zum Beispiel über das sogenannte Schicksal, das Fatum. Ob es wohl Lerngeschenke bereithalte und sie durch Leid zu besseren Menschen machte oder einfach nur zufällig einen Haufen Scheiße auf einige ausgewählte Menschen kippte, oder ob es sich gar um eine Auszeichnung handelte. *Denn welchen der HERR liebhat, den züchtigt er; und stäupt einen jeglichen Sohn, den er aufnimmt.*

Es klingelte an der Tür. Galina rutschte mit ihren fluffigen Hausschuhen, die Katzen darstellten, wie ein Kind, das den Weihnachtsmann erwartete, in einem Affenzahn zur Tür. Ihr Pferdeschwanz schwang hin und her. Da die Lampe über der Haustür aus Versehen vom Nachbarsjungen mit dem Basketball getroffen worden war, sah man einen riesigen Schatten im dünnen Regen, einen ungestalten Koloss, der sich im Licht der Flurlampe als Xaver in einem Tweedjackett enormen Ausmaßes herausstellte. Seine pummeligen Gesichtszüge hatte der Regen lackiert. Xaver war immer leicht angezogen und hatte immer dieselben Halbschuhe an und niemals trug er einen Schirm.

Er hatte keine Tasche dabei, sondern zog eine Flasche Rotwein direkt aus seinem ausgebeulten Jackett. „Im Barriquefass gereift!", schrie er freudestrahlend, den Anlass ihres Treffens völlig außer Acht lassend. Die Männer drückten sich, Mühlbergers Knochen knackten, wie immer, wenn ihn Xaver zusammenpresste. Sie waren wirklich wie Don Quichotte und Sancho Pansa, obwohl Xaver fast genauso groß war wie Mühlberger. Zu dritt verstopften sie den kleinen Flur vollkommen. Galina ging in die Küche und fragte die Männer, wann sie das warme Gericht servieren könne. Beide einigten sich darauf, in einer reichlichen Stunde zu essen und bedankten sich. Sie fragten Galina, ob sie mit ihnen ein Glas trinken wolle. Die zierliche Frau schaute erstaunt, denn ihr war die Munterkeit der Beiden unheimlich. Sie lehnte ab. Alkohol war ihr zutiefst verdächtig und sie vermied es, mit Trinkenden zusammen zu sein.

Die Männer setzten sich, nachdem sie den Wein in Gläser gefüllt hatten, auf das große Sofa. Mühlberger war übel, denn er hatte schon viel zu viel Alkohol zu sich genommen. Deshalb nippte er nur an seinem Glas, während Xaver sein erstes in einem Zug leerte. Dann schwiegen sie und sahen sich als Spiegelung in der Panoramascheibe beim Sitzen zu.

„Mensch du!", brach es aus Xaver heraus und er drehte sich zu Mühlberger um, um ihn, sanfter diesmal, zu drücken. „So eine Riesenscheiße!" Dann weinte er bitterlich. Mühlberger spürte seine Beine kaum mehr, sie waren kalt geworden und kribbelten. Nachdem er sich vorsichtig aus der Umarmung gelöst hatte, sah er auf Xavers Bauch, die Speckfalten, die beim Schluchzen in kleine, in sich zitternde Wellen gerieten. Dann sah er auf dem Couchtisch seine zerbrochene Brille und als sei dieser kaputte Gegenstand das Schlimmste, was ihm hatte passieren können, musste er auf einmal tief einatmen und konnte dann auch weinen.

„Warum hat Nathalies Arzt diese Obduktion für nötig gehalten? Ist ihm etwas verdächtig vorgekommen?", fragte Xaver nach einer Weile.

„Er glaubt nicht an ein Herzversagen. Er denkt an eine Vergiftung oder das Broken-Heart-Syndrom. Letzteres vermute ich, weil ich eine Mitpatientin von Nathalie getroffen habe."

„Ah! Wie kam das denn?"

„Du ahnst nicht, wo!"

„Erzähl!"

„In der Spelunke 100." Er kicherte.

„Die Kneipe bei Sankt Georg?"

„Das ist so klar, dass du die kennst." Mühlberger kicherte weiter.

„Dass es das Gebrochenes-Herz-Syndrom wirklich gibt, hat mich nicht überrascht, als ich das erste Mal darüber gelesen habe", sagte Xaver leise. Mühlberger schaute ihn staunend an: „Du wusstest, dass es diese Todesart gibt? Kein Wunder, du weißt alles. Es kommt ja auch ständig vor, dass in Büchern oder Filmen jemand an seinem Schmerz vergeht." Sie schweigen.

„Diese Mitpatientin heißt Sabine und sie erzählte mir, dass sie mit meiner Tochter Zeit verbracht hat. Halt dich fest: beim Rauchen."

Xaver lächelte. „Deine Nathalie hat sich gewagt, ein eigenes Leben zu führen! Und sogar Laster zu haben!"

„Du sagst das so, als hätte ich ihr das nicht gegönnt."

„Quatsch. Ich meine nur, du hast sie idealisiert. Und ... wohl nicht so gut gekannt wie du geglaubt hast. Wenn du mich fragst, Nathalie war wie der berühmte Eisberg. Nicht weil sie kühl war, das war sie ganz und gar nicht, sondern weil man an der Oberfläche nur diese kristalline Zartheit und Schüchternheit sah. Aber darunter, unter dem Wasserspiegel sozusagen, war so viel Wut, Vitalität, Entschlusskraft, Neugier." Xaver schaute vor sich hin.

Mühlberger schluckte laut. Er konnte nicht verstehen, warum ihn, was sein Freund da gesagt hatte, verletzte. Dabei stimmte es. Er wechselte das Thema. „Dieses Broken-Heart-Syndrom haben allerdings eher Frauen jenseits der Fünfzig. Hab's gegoogelt. Hier passt nichts zusammen. Xaver, sie ist tot. Und, du hast recht: Ich habe, ehrlich gesagt, schon länger nichts mehr von ihr gewusst. Nicht, was sie tat, nicht was sie dachte."

„Ich denke, Franziskas Tod hat dir keine Kraft gelassen, dich um Nathalie zu kümmern. Aber du hättest es tun müssen", sagte Xaver nach einer Weile.

Mühlberger wurde schlecht. Er fühlte sich noch schuldiger als sonst. Mit heißem Gesicht saß er da. Wie konnte es sich anfühlen, als würde noch mehr im Inneren kaputtgehen? Und es zersprang kein metallisches Band von seinem Herzen und erlöste ihn von dem Schmerz. Die Scherben von dem, was zersprang, bohrten sich in sein Inneres. Schuld. So fühlte sie sich an. Und namenlose Trauer.

„Xaver, du hast weder Frau noch Kind. Du kannst das nicht fühlen, was ich gefühlt habe", versuchte Mühlberger, sich zu rechtfertigen. Xaver legte ihm den Arm um die Schultern. „Ich weiß." Dann goss er Wein nach.

Galinas Kopf schaute durch die Türöffnung. Ihr Körper blieb im Flur. „Kann ich Sarmale bringen?" Xaver setzte sich aufrecht. Mühlberger murmelte ein Ja. Er wusste, dass er jetzt etwas zu sich nehmen musste. Ihm graute davor, wahrzunehmen, wie die Nahrung den wohltuenden Alkohol aufsaugte und entsorgte, und ängstigte sich vor den Gefühlen, die die Nüchternheit freilegen würde. Blitzblank würden die Gefühle da stehen wie freche, wachsame Erdmännchen. Furchtbar.

Während des Essens sagten die Männer nichts. Dann ergriff Xaver das Wort. Es hörte sich wirklich so an, als habe er die Wörter ergriffen, so kraftvoll und klar verließen sie seinen Mund. „Pass auf, Mühli. Ich schlage Folgendes vor. Ich helfe dir dabei, deine Tochter noch einmal neu kennenzulernen. Wir schauen, was sie hinterlassen hat."

Er stieß leise auf. Es klang unangenehm. Doch Mühlberger interessierte, was sein Freund vorhatte.

„Wir schauen in ihre Wohnung, in ihr Handy und so weiter. Kriegen raus, wer ihre Freunde waren."

„Das klingt so, als wäre ich völlig uninformiert, was Nathalie angeht", murrte Mühlberger verletzt.

„Denk was du willst. Auf jeden Fall hast du jetzt alle Möglichkeiten. Handy, Tagebücher, alles, was wir finden."

Mühlberger erwachte innerlich. „Stimmt, die Dinge aus ihrem Zimmer im Krankenhaus. Ich habe nicht einmal gefragt, ob ich ihr Zimmer sehen kann ..."

„Du bist in einem Ausnahmezustand, Mühli."

Mühlberger nickte wie ein Schuljunge.

„Pass auf, wie du weißt, arbeite ich für die Kripo. Ich bin befreundet mit einer Kommissarin. Sonja Bartal. Sie könnte zur Not auch mal in einen Polizei eigenen Computer gucken, wenn es darum geht, jemanden aus Nathalies Umfeld zu finden. Sonja ist zwar nicht für ihre Bereitschaft bekannt, krumme Dinger zu machen, aber sie ist taff und mag mich und sieht ein, wenn mal was zu tun ist, was nicht ganz den Vorschriften entspricht."

„Untermauerst du gerade die These, dass Nathalie umgebracht worden ist?"

„Nein, du hast gesagt, der Doktor Hahnendings hat Zweifel. Du hast gesagt, du kanntest Nathalie am Ende kaum mehr."

„Stimmt, du sagst, was ich gedacht habe, aber es klingt härter, wenn man es hört. Diese Sonja, was ist das für eine?"

„Sie ist toll, sieht aus wie eine russische Gräfin, du, die hat einen Zopf! Wenn sie den um den Kopf legt, Mann, ich sage dir, die ist so was von schön! Aber auch sonst … Sie fährt Enduro in ihrer Freizeit und setzt sich in die Garage, um nachzudenken. Sie hat sie mit Sperrmüllmöbeln eingerichtet, mit Licht und so und im Winter stellt sie die Füße auf so einen Metalldackel, einen schwarzen Eisenbahnheizkörper, kennst du die noch, aus der DDR?"

Mühlberger nickte grinsend. „Klar, ich hab die geliebt! Warme Füße in der Datsche meiner Eltern."

„Sonja hat eine Partnerin, so eine tüchtige, also anders tüchtig als Sonja. Mit Ehemann und Notizbüchern, einer Ablage, die so ordentlich ist, dass es schon wieder nervt, weil man sich ewig mies vorkommt mit dem eigenen Chaos. Sie ist hochschwanger. Das macht Sonja zu schaffen. Erstmal, weil sie für ne Weile ihre Partnerin entbehren muss und dann, weil sie selbst ein Kind möchte. Hat sie festgestellt. Als Teresa schwanger wurde. Dummerweise hat ihr Lebensgefährte sie im Sommer betrogen und sie hat sich getrennt. Und wurde vierzig. Das gab keine Party, kann ich dir sagen. Naja. So kann's gehen."

Mühlberger war überrascht, dass Xaver redete wie ein Wasserfall. Seltsam, dass er gar nicht gewusst hatte, wie es auf der Arbeit seines Freundes zuging. Zwar hatte Xaver erst vor kurzer Zeit bei der Kriminalpolizei angefangen, als Quereinsteiger, aber trotzdem. Klar, Namen waren schon einmal gefallen oder er berichtete von einer besonders arg zugerichteten Leiche, aber wie sehr ihn seine Kollegen interessierten, das war Mühlberger nicht klar gewesen. Ihn beschlich die Idee, dass in ihrer Freundschaft mehr Licht auf ihn selbst und sein Schicksal fiel. Andererseits sprachen sie schon auch über Xavers Privatleben. Es war abenteuerlich, wechselhaft und im Detail erzählenswert.

Xaver Leonard hatte keinen Lebenspartner. Mühlberger wusste, dass er bisexuell war und sehr romantisch. Aufgrund seines Äußeren hatte er es jedoch schwer. Nur wer einen zweiten, dritten und vierten Blick riskierte, konnte erkennen, wie anmutig Xaver Leonard eigentlich war. Doch, eins hatte er einmal erzählt, fiel Mühlberger jetzt ein, während er, gesättigt, vor sich hindöste. Diese Teresa, das hatte Xaver erzählt, die sei wohl mal eine ganze Zeit verknallt in ihn gewesen. Ganz am Anfang. Es konnte also nicht lange her sein. Seltsam, er hatte nie gefragt, wiesoweshalbwarum und wie das ausgegangen war.

„Ich wusste ja gar nicht, dass die Teresa, die dich so mochte, verheiratet ist und Mutter wird."

„Vermutlich ist sie schon Mutter, es war neulich schon bald soweit. Ja, sie ist sehr verheiratet. Aber sie schwärmte für mich. Ich merk so was. Auch wenn ich oft in direkteren Zusammenhängen unterwegs bin." Xaver meinte wohl, dass er sich nicht scheue, an Orte zu gehen, in denen im Darkroom der fleischlichen Lust gefrönt wurde, wie er selber augenzwinkernd und hochtrabend sagte. Dadurch, dass er trank, schwanden wohl auch seine Ansprüche. Zumindest solange er betrunken war. Danach konnte es sein, dass er bei seinem Freund auftauchte und zugab, wie sehr er sich nach romantischer Zweisamkeit sehnte. Seine literarische Liebessehnsucht nannte er es. Er liebte Novalis. Unter anderen, natürlich. Aber der langhaarige Georg Philipp Friedrich von Hardenberg mit seinem Bergbaubrotberuf hatte es ihm besonders angetan.

Mühlberger grinste seinen Freund schief an. Der lächelte unsicher zurück. Vermutlich dachte er, Mühlberger werde verrückt. Es war, als hätte der Schmerz alle Krusten der Etikette abgeschält und als dürfe der furchtsame Mühlberger jetzt richtig mutig sein, weinen, rebellieren, komisch grinsen.

Galina kam, um zu fragen, ob sie noch etwas wollten. Beide Männer schüttelten die Köpfe und sprangen auf, um ihr beim Heraustragen des Geschirrs zu helfen.

„Mühli, kann ich dich allein lassen?", fragte Xaver Leonard. Mühlberger zuckte mit den Schultern. „Ja. Klar. Allein ist ja wohl seit gestern meine Daseinsform."

„Du bist nicht allein, das weißt du. Ich kann auch hier pennen."

„Nein, ich glaube, ich bin jetzt so betrunken, dass ich schlafen kann."

Xaver verabschiedete sich und ging allein zur Tür.

Erkenntnisse

Am nächsten Morgen duschte Mühlberger und putzte sich die Zähne. Das tat gut. Er wechselte seine Sachen und rasierte sich. Er hatte einen Kater. Also nahm er eine Aspirintablette aus dem Medizinschränkchen. Er kämmte sich mit Franzis Bürste. Es waren noch Haare von ihr darin. Auch ihr Schminkzeug stand noch da und ihre Zahnbürste. Auf einmal dachte Mühlberger, gut, dass Franzi wenigstens den Tod ihres einzigen Kindes nicht verkraften musste.

Vielleicht wäre Nathalie noch am Leben, wenn sie nicht den Tod der Mutter erlebt hätte. Aber war das alles? Hatte ihr noch anderes zugesetzt? Ihm fiel ein, dass Nathalie nie etwas von einem Freund oder einer Freundin gesagt hatte. Im Sinne einer Liebe. Von der besten Freundin von Nathalie, der kessen und fröhlichen Charlotte, hatte er gehört. Mühlberger beschloss, später mit ihr zu reden.

Er nahm sich ein Taxi und fuhr ins Sankt Georg Krankenhaus. Auf der Station angekommen, kam ihm eine Schwester entgegen, die, nach ihrem Blick zu urteilen, ungern angesprochen wurde. Mühlberger tat es trotzdem: „Bitte, ich bin der Vater der Patientin, die vorgestern hier gestorben ist. Ich möchte ihre Sachen holen." Die Schwester guckte etwas weniger grimmig. „Die Tasche Ihrer Tochter ist im Schwesternzimmer. Ich führe Sie hin."

Damit wendete sie und ging voraus. Mühlberger folgte ihr. Er sah Nathalies Tasche, die sie immer mitnahm, wenn sie reiste. Die Schwester sah ihn an und flüsterte dann:

„Mein herzliches Beileid. Ihre Tochter war eine tolle Frau. Aber so traurig."

Und ich habe mich vor ihren Gefühlen gefürchtet, dachte Mühlberger. Ich hatte sogar für kurze Zeit eine Abneigung gegen sie. Weil sie ihrer Mutter so ähnelte. Er nahm die Reisetasche und ging Richtung Ausgang. Da wehte Doktor Hahnefeld heran.

„Herr Mühlberger, schön, dass ich Sie treffe!" Er wies auf einen der farbenfrohen Stühle und nahm selbst auch Platz. „Die Obduktion hat einen Herzinfarkt ergeben. Sie hatte nichts im Blut, was da nicht hingehört. Kein Fall für die Polizei. Allerdings kann man das Broken-Heart-Syndrom nicht von einem Infarkt unterscheiden", sagte er mit sonderbarer Betonung. So, als spiele er in einem Kriminalfilm mit. „Ah ja", sagte Mühlberger matt. „Ist sie ... ist sie schon freigegeben?"

„Selbstverständlich. Wenn Sie ein Beerdigungsunternehmen haben, dann können die sie mitnehmen."

„Sagen Sie, was für einen Eindruck hatten Sie von meiner Tochter? Ich meine, was könnte Ihrer Meinung nach ein solches Broken-Heart-Syndrom ausgelöst haben?"

„Sie war intelligent und sehr sensitiv. Es ging ihr schlecht. Im Gespräch erwähnte sie, dass sie Liebeskummer habe. Und wenn ich mich nicht täusche, war der Mann auch einmal hier in der Klinik."

„Welcher Mann?"

„Er war schon gut aussehend. Aber ich hätte ihn für ihren Vater gehalten. Dass es der Freund oder Liebhaber war, habe ich an dem Kuss gesehen, den sie sich gaben, als er ankam."

„Kuss. Mhm. Hätte das auch ein freundschaftlicher Kuss sein können?"

„Wieso sollte er? Haben Sie ein Problem damit, dass Ihre Tochter intime Beziehungen pflegte?" Das hatte gesessen. Ja verdammt, er hatte ein Problem damit. Ganz im Ernst. Er mochte davon nichts wissen, geschweige denn, sich etwas in der Richtung vorstellen. Basta.

„Haben Sie Kinder? Können Sie sich nicht vorstellen, dass man als Vater diese Seite seines Kindes leugnet?"

„Nein." Hahnefeld legte seinen Kopf erst auf die eine, dann auf die andere Schulter, vermutlich hatte er Nackenschmerzen. „Ich bin glücklicher Single. Gomera im Sommer, Sankt Moritz im Winter."

„Aber Nathalie wollte immer ins Kloster. Ich meine, wieso …"

„Und das ist Ihnen nicht seltsam vorgekommen? Oh Mann." Jetzt fiel Hahnefeld aus der Rolle. Aber Mühlberger lenkte ein, da ihm schwante, dass das manichäische Weltbild, das gerade in seinem aufs Äußerste gestressten Kopf herrschte, hier nicht gut aufgenommen werden würde. „Okay, ich verstehe. Ich habe noch nicht über ein Beerdigungsinstitut nachgedacht. Ich erinnere mich an das, in dem ich wegen meiner Frau war. Wie hieß das gleich, Lichtschein oder so."

„Gut, dann rufen Sie am besten da an und die holen Nathalie dann aus dem Keller."

Mühlberger räusperte sich. Sein Inneres brannte und der Kloß im Hals wollte nicht weichen. Es war ja kein Kloß, es war ein immaterielles Hindernis in ihm. Er kannte das Gefühl. Er hatte oft Angst um sich gehabt. Aber jetzt?

Jetzt fühlte er das Gegenteil, hatte Lust, etwas Gewagtes zu tun. Bungeespringen war es nicht. Eher reisen. Mit dem Orient-Express oder mit der transsibirischen Eisenbahn. Angenehmes Gefühl, sich was zu trauen, dachte Mühlberger und für einen Augenblick war er euphorisch. Bar jeder Fessel sein. Nicht mehr wie gelähmt daliegen und seine Ängste nach Größe sortieren.

„Soll ich … gleich?"

„Anrufen, ja klar."

Mühlberger zögerte. „Sagen Sie, Sie hatten Nathalie doch auch in der Therapie?"

„Ich bin Psychiater, kein Therapeut, aber ja, ein wenig Einblick hatte ich schon. Was wollen Sie wissen?"

„Wegen. Wegen des Mannes. Also, ich habe mich immer gefragt, ob es vor allem der Tod ihrer Mutter war, der ihre Krankheit ausgelöst hat. Ich meine, an ihrer Kindheit war doch nichts auszusetzen …" Es klang wie eine Frage.

Hahnefeld zog die Augenbrauen hoch.

„Ähm, ich frage mich, ob dieser Mann – hat er irgendwas Schlimmes gemacht? Weil, weil Nathalie wollte immer ins Kloster. Eigentlich."

Hahnefelds braungebranntes Gesicht hatte sich gerötet. „Erstens, Herr Mühlberger, machen Menschen, die Eltern werden, immer irgendetwas falsch. Dass sie ins Kloster wollte, davon hat sie gesprochen. Es war eine etwas aus der Zeit gefallene Prüderie im Spiel bei Ihrer Tochter. Das ist ja an und für sich nicht schlimm, aber provoziert rasch Schuldgefühle, zum Beispiel, wenn man sich verliebt. Oder wenn man glücklich ist und denkt, der Vater oder die Mutter sind es nicht. Und, und das ist jetzt das Letzte was ich Ihnen verrate, dieser Mann hat ganz sicher etwas getan, dass Ihre Tochter gequält hat. Es muss nicht mal etwas Weltbewegendes gewesen sein. Nathalie war schnell verletzbar. Sie war nicht sehr resilient. Aber, ich könnte mir denken, dass es doch etwas Verstörendes war. Was dieser Geliebte getan hat."

Mühlberger zuppelte an dem Reißverschluss von Nathalies Reisetasche. Er war rot geworden. Es reichte ihm schon, zu hören, dass seine Nathalie einen Geliebten gehabt hatte. Dass der etwas getan haben könnte, was ihren Tod verursacht oder mit verursacht hatte, war der Gipfel. Wut und Schuldgefühle machten Mühlbergers Herzschlag unregelmäßig. Es war, als morste sein Herz ihm etwas zu. Leider kannte er das Morsealphabet nicht. Er musste endlich heim, auf sein geschütztes Sofa, die Füße weg vom Boden, den ganzen Leib wegbringen, aus dem Licht, weg von fremden Blicken. Aber vorher musste er das Beerdigungsinstitut anrufen.

Unter die Erde

Am nächsten Morgen setzte sich Mühlberger mit einer Tasse Kaffee auf die Couch und dachte nach. Er hatte schon einmal nachgedacht, über genau dasselbe. Nur war Nathalie dabei gewesen. Sollten sie Franzi verbrennen lassen? Dann brauchten sie eine hübsche Urne. Wollten sie sie in einen Sarg legen? Wollten sie einen Diamanten aus ihrer Asche pressen lassen? An dieser Stelle hatten sie dann sehr gelacht. Sie stellten sich vor, wie sie diesen Diamanten verschluckten, sich die Mama einverleibten, oder aus Versehen in der Toilette runterspülten oder den Mama-Diamant-Ring ganz simpel irgendwo draußen verloren.

Er hatte Galina erzählt, dass Nathalie jetzt aus dem Keller des Krankenhauses weggefahren würde und sie gefragt, welche Art, sie unter die Erde zu bringen, sie bevorzugen würde. Galina hatte geweint und als sie gesehen hatte, wie er sich wand, weil ihm Gefühlsausbrüche unangenehm waren, hatte sie ihm angeboten, mit ihm zu beten. Er musste sich überwinden, das hatte sie wahrgenommen. Aber dann hatte Mühlberger das Beten gutgetan. Galina hatte ihm schließlich geraten, Nathalie eine Erdbestattung zu geben, das Verbrennen war in ihrem Glauben eine Sünde. Damals, bei Franzi, hatten sie zum Glück im Sekretär nachgesehen und eine Verfügung gefunden. Ohne zu zögern hatten sie sich für eine mattschwarze Urne entschieden, an der ein kleiner Trockenblumenstrauß befestigt werden konnte. Es hatte heiter ausgesehen, abgesehen von der Tatsache, dass

Franzi auf einmal in ein kleines Gefäß gepasst hatte, was verstörend war.

Mühlberger war ganz Galinas Meinung und konnte sich nicht mehr vorstellen, seine Tochter verbrennen zu lassen. Also hatte er mit Galina im Internet nach Erdbestattungsmöglichkeiten gesucht. Offenbar war Raum für diese Variante knapp auf den Friedhöfen der Stadt. Sie hatten über Friedhöfe gesprochen, die sie kannten, auf denen sie spaziert waren, in Rumänien oder hier in Deutschland. Sie lachten über unglückliche Dates, die sie an diese Orte geführt hatten. Romantisch gedacht aber schiefgegangen. Mühlberger fiel Xaver ein, der auf der Suche nach wohlklingenden Namen für Figuren in seinen poetischen Fingerübungen über Friedhöfe schlenderte, immer einen Flachmann in der Tasche. Schließlich war Galina auf ihr Zimmer gegangen und Mühlberger war auf dem Sofa eingeschlafen.

Am folgenden Morgen war Mühlberger schon übel, bevor er die Augen aufschlug. Mit verkleisterten Synapsen saß er in den Klamotten des Vortags und bewegte seinen Oberkörper hin und her, als könne er auf diese Weise seine Sorgen in den Schlaf wiegen. Kurz dachte er, es wäre besser, gleich wieder einzuschlafen. Doch dazu klopfte sein Herz zu stark. Er tippte auf die Tastatur seines Laptops, um herauszufinden, was er gestern als Letztes online gemacht hatte, aber der Bildschirm blieb schwarz, vermutlich war der Akku alle.

Jetzt wollte er es aber wissen und dachte kreuz und quer, assoziierte und fabulierte, bis es ihm einfiel. Es ging um die Art der Bestattung. Was die Art zu sterben betraf, gab es in der Familie nun zwei neue Todesarten, die sich zu denen der Vorfahren addierten. Die meisten Familienmitglieder waren langlebig gewesen und der Tod hatte sich meist aus einer Summe an Beschwerden ergeben, die man unter Altersschwäche subsumieren konnte. Mühlberger war neidisch und wütend auf alle, die ein hohes Alter erreichten. Seinen Nächsten in der Familie war das nicht vergönnt gewesen.

Er dachte, wie schlecht doch die Menschen waren, die gesund und munter ihrer Wege gingen. Er erinnerte sich eines Gartenfestes, das er und Franzi gegeben hatten, als sie eine gute Zeit hatte, ihre Haare nach der Chemotherapie wuchsen. Die Freunde und Bekannten ergingen sich auf dem Rasen, bewunderten die Dahlien in Franzis Bauerngarten. Eine Frau, die mit ihrem Sektglas neben Franzi zum Stehen gekommen war, fragte nach ihrem Befinden und Franzi erzählte freudestrahlend, dass das letzte PET-CT keinen Krebs zeigte, nirgendwo im Körper, was ja selbst bei einem gesunden Menschen großartig ist, bedenkt man, wie viele Organe der Mensch besitzt. Die Frau hatte freundlich genickt und nachdem sie eine Weile geschwiegen und dem Vogelgezwitscher und dem Murmeln der anderen Gäste gelauscht hatten, sagte sie: „Meiner Nachbarin ging es genauso. Sie war froh, geheilt zu sein. Und dann, nur wenige Wochen später, kam sie schon kaum mehr die Treppe rauf. Und dann war sie tot."

Mühlberger erinnerte sich, dass er diese Unterhaltung mit angehört hatte, obwohl er auf die Frau, die das ausgesprochen hatte, schon vorher nicht gut zu sprechen gewesen war. Vielleicht war er in der Nähe geblieben, um Franzi beizustehen. Aber er war nicht schnell genug, die Worte waren gefallen, Franzi schon bleich geworden und der Sekt schwappte im Glas. Aber bevor diese Frau sich seiner Franzi annehmen konnte (Was ist, meine Liebe, ist Ihnen schlecht geworden?), hatte er den Arm um seine Frau gelegt und war mit ihr ins Haus gegangen. Es war dunkel und kühl im Haus. Das war es immer im August, wenn draußend die Sonne strahlend schien.

Als ob Franzi keine Angst gehabt hätte, dass es ihr so ergehen könnte wie der Bekannten dieser Frau. Wie Fische unter einer noch nicht tragfähigen Eisschicht schwimmen; so tummelten sich ihre Ängste hinter der Zuversicht. Das Eis knisterte und brach und in Franzi war Schwärze. Sie war an diesem Nachmittag nicht mehr rausgekommen und die Gäste, die das nach und nach bemerkten, verabschiedeten sich einer nach dem anderen. Die taktlose Frau, die sich dank ihrer Gesundheit sicher und wohl und überlegen fühlte, ging als eine der Letzten. Mühlberger sah sie Gottseidank nie wieder. Er hatte befürchtet, sie würde auf der Beerdigung erscheinen, um sich an seinem Elend zu laben. Er war ungerecht, das war Mühlberger klar, denn sicher wollte sie nichts Verheerendes anrichten. Sie war wahrscheinlich bloß wenig sensibel oder vielleicht dumm.

Kaum einer hätte eingeräumt, dass er sich nicht in die Lage einer schwerkranken Frau hineinversetzen konnte. Einer Frau, der täglich vor Augen stand, demnächst weder Kind noch Mann wiedersehen zu können. Einer Frau, die Schmerzen und Qualen ertrug, um der Krankheit Herrin zu werden. Die, die sagten, ich sage lieber nichts, als das Falsche, waren in der Unterzahl. Seltsam, dass todbringende Krankheiten die Menschen immer noch vor solche Probleme stellten. Dass Sensationslust und Schadenfreude verbreiteter waren als Einfühlsamkeit und echtes Mitgefühl.

Sie hatten vor vielen Jahren die Wohnzimmertür ausgehängt, da sie sie entbehrlich fanden. Galina machte sich also bemerkbar, indem sie an den Türrahmen klopfte. Mühlberger schaute auf und fragte Galina, was sie wollte. Sie erklärte ihm, dass sie in die Stadt gehen und seine kaputte Brille mitnehmen wollte. Er brauche sie doch nicht? Mühlberger lächelte und schüttelte den Kopf. Als sie sich umgewandt hatte, um ihren Mantel anzuziehen, erschrak Mühlberger. Er hatte in der Universität noch nicht Bescheid gesagt, dass er vorläufig nicht mehr kommen würde. Er rief sofort im Büro an und erfand eine Grippe. Er würde später mit seinen Kollegen reden.

Er trank endlich seinen Morgenkaffee und in die zweite Tasse gab er etwas Cognac. Er brauchte für ein, zwei Stunden Mut. Dann rief er Xaver an. Der war gerade an einem Tatort. Er versprach, in seiner Mittagspause in ein Restaurant in der Stadt zu kommen. Bis dahin würde Mühlberger zum Bestattungsinstitut fahren. Er nahm wieder ein Taxi. Schließlich hatte er getrunken. Geld sparen für die Tochter oder Enkelkinder musste er nicht mehr.

Im Bestattungsinstitut bekam er wieder Kaffee und ein Wasser mit Sprudel. Die freundliche Angestellte erklärte ihm, dass auf dem Friedhof seiner Frau eine Grabstelle für eine Erdbestattung verfügbar sei, der Nachteil einer solchen Beerdigung aber darin bestand, dass das Begräbnis bald stattfinden musste. Anders als bei Feuerbestattungen war demnach sehr wenig Zeit, die Feier vorzubereiten und Menschen einzuladen. Für Mühlbergers Kopf waren das zu viele Unwägbarkeiten. Er fühlte sich gehetzt und gleichzeitig hatte er den Eindruck, das Leben fände in Zeitlupe statt. Er blieb also sitzen, den Kopf in den Händen und verharrte so.

Die Trauerfachangestellte hatte schon viel gesehen und Mühlberger war noch einer ihrer gemäßigten Fälle. Nach einer Weile legte sie ihm vorsichtig die Hand auf die Schulter und fragte, wen er denn zur Beerdigung einladen wolle. Mühlberger richtete sich auf und meinte, plötzlich hellwach: „Meinen besten Freund und meine Haushaltshilfe."

„Na und die bekommen sie doch in ein paar Tagen für einen Termin zusammen, oder?"

„Natürlich."

Sie zeigte ihm im Computer die verfügbaren Grabstellen und er wählte eine aus. Nicht gerade in der Nähe des Grabes seiner Frau, aber am selben Weg. Am Grab stand eine Eibe. Das war schön, denn die trug rote Beeren. Ein Blick auf sein Handy sagte ihm, dass Xaver schon im Kaffee saß. Er hatte wegen des neuen Falles wenig Zeit, schrieb er. Also machte sich Mühlberger auf den Weg, in der Tasche den Zettel mit den Unterlagen, die er für die Beerdigung benötigte.

„Wir sollten zuerst herausfinden, wer Nathalie im Krankenhaus besucht hatte, wer also ihr Liebhaber war. Und dann müssen wir in Nathalies Wohnung."

„Ja. Und hast du denn schon mal in Nathalies Reisetasche geschaut?"

Mühlberger schüttelte verzweifelt den Kopf. Er wollte nichts von dem tun, was er tun sollte. Er wollte nicht mal das tun, was er wollte. Er begann, Fakten und Pflichten zu hassen.

„Kommst du zur Beerdigung, Xaver?"

„Aber klar."

„Die ist bald, weil, ich lasse Nathalie nicht verbrennen."

„Wie du meinst. Ich mach alles mit", sagte Xaver liebenswürdig und nippte an seinem Wein. Mühlberger war sich sicher, dass Tatortfotografen während ihrer Arbeitszeit nicht trinken sollten, aber auf Xaver schien eh nicht zuzutreffen, was für Normalsterbliche galt.

Mühlberger trank in einer halben Stunde drei Schoppen Wein und als Xaver gegangen war, blätterte er in dem Katalog für Särge. Er erinnerte sich blitzlichtartig an einen Satz der Bestatterin. Hatte sie wirklich gesagt, er könne den Sarg bemalen, wenn er wolle? Auch mit Freunden und Verwandten. Mühlberger musste lachen. Dann dachte er an die Verwandten. Natürlich, es gab noch welche. Sein Vater lebte noch und die Schwester und die Mutter von Franzi. Er hatte gar keine Lust, andere Menschen in Trauer zu stürzen. Bei seinem Vater, der im Pflegeheim lebte, würde das nichts bringen, er war schwer dement. Aber die beiden anderen musste er wohl anrufen. Sie waren inzwischen in eine andere Stadt gezogen und vielleicht konnte er sie davon abhalten, zur Beerdigung zu kommen.

Nathalies Freundin Charlotte würde sicher kommen wollen. Und, sie konnte ihm etwas über seine Tochter erzählen. Wenn er an Nathalies Handydaten käme, würde er ihre Nummer finden. Und sicher noch einige andere.

Es war am späten Nachmittag, als Mühlberger sich Nathalies Tasche griff und sie mit zu seiner Insel, der Couch, nahm. Er zog die Beine an und saß im Schneidersitz. Das tat er gern, irgendwie war ihm die Berührung mit dem Fußboden unsympathisch. Er öffnete die Tasche. Der Geruch seiner Tochter kam ihm entgegen, er hielt den Atem an, um die schmerzhaften Kontraktionen seines Magens besser ertragen zu können. Ihre Anziehsachen würde er nicht heraus holen. Er wühlte nach anderen Gegenständen. Hervor kam ein Buch für die Uni, in dem sie viele Unterstreichungen gemacht hatte. Das Thema war *Spiegel und Spiegelungen in der Kunst.* Es ging unter anderem um Narziss und seinen Weiher und über den literarischen Kosmos des E.T.A. Hoffmann, und man fragte sich, ob der Spiegel nur eine Metapher für die Selbstbegegnung oder auch eine für den Tod sei.

Mühlberger strich über die Seiten mit Nathalies Anstreichungen. Dann wühlte er weiter. Kein Handy. Er war verzweifelt. Als er die Tasche nochmal musterte, fielen ihm zwei Seitentaschen auf. Erst zog er das Ladekabel hervor, dann hielt er das Handy von Nathalie in den Händen.

Er machte es an, es war sogar noch halb geladen. Auf der Hülle waren Aufkleber, Tiere und Blumen. Mühlberger kamen die Tränen. Nathalie hatte einen ausgesprochenen *horror vacui.* Sie lebte zwischen Wänden voller Plakate, Fotografien und Bildern, auf ihren Tischen lagen flächendeckend Gegenstände aller Art, ebenso auf dem Bett, den Stühlen und sogar dem Boden. Franzi hatte einmal gesagt, sie frage sich, wie das ginge, mit einer Handtasche kommen und mit deren Inhalt das gesamte Wohnzimmer füllen.

Franzi war aber auch sehr ordentlich gewesen. Ihre Umgebung war meist aufgeräumt, wie auch ihre Gedanken. Wenn er ehrlich war, hatte Mühlberger erst nach Franzis Tod gemerkt, dass *er* Unordnung produzierte. Das war, als Galina mal nicht da, sondern zu Besuch bei ihrem Vater in Bukarest war.

Einblicke

Mühlberger nahm das Handy und hoffte, dass er keine Geheimzahl würde eingeben müssen. Diese Hoffnung erfüllte sich seltsamerweise. Vermutlich hatte Nathalie keine Lust gehabt, sich einen Code zu merken. Er scrollte und tippte, mit schlechtem Gewissen und der Angst, er könne auf etwas stoßen, das er nicht sehen sollte oder wollte. Er fand die Nummer von Nathalies bester Freundin. Aber er stieß auch auf Textnachrichten in rauen Mengen:

„Ich hasse dich, du stiehlst mir Lebenszeit! Ich kann in der Zeit, die du nicht bei mir bist, nichts anderes tun. Nur warten. Ich bin wie gelähmt, steif und kalt."

Was war das? Diese SMSsen waren nicht an irgendeinen Freund oder eine Freundin gerichtet.

„Ich habe die Bücher, die du mir geschenkt hast, gelesen. Sind sehr gut. Ich hab viel gelernt."

„Gut, ich warte. Obwohl du viel von mir verlangst. Könnte es sein, dass du mit Margarete schläfst? Ich meine, so selten, wie wir uns sehen ... Ich hasse die Vorstellung, wie ihr euch, Haut mit Falten und Altersflecken auf Haut mit Falten und Altersflecken, liebt."

„Liebster! Ich bin so angespannt, kann kaum schlafen, meine Muskeln schmerzen, ich habe keinen Hunger und vernachlässige mein Studium. Weißt du noch, der Briefbeschwerer aus Glas, den du mir geschenkt hast? Eine Glaskugel anstelle einer Reise nach Murano. Mit dem Ding schlage ich mir meine Stirn blutig. Ich bin eine Hülle, unbewohnt."

„Ihr fahrt drei Wochen in den Urlaub? Oh Gott, was soll ich in der Zeit machen? Muss ich dann durchgängig saufen, um nichts zu spüren?"

Mühlberger war erschrocken. Und wie. Ein verheirateter Mann? Er hatte nie wirklich geglaubt, dass sich seine Tochter eines Tages verlieben würde. Und nun das. Sie hatte nicht nur geliebt, sondern sie hatte mit einer Qual geliebt, die er gern von ihr ferngehalten hätte. Wenn dieser Mann verheiratet ist und er und seine Frau Altersflecken haben, dann stimmte es, Nathalies Liebhaber war ein Greis.

Entweder, Nathalie hatte Nachrichten des Mannes gelöscht oder er schrieb nicht viel. In seinen wenigen Antworten beruhigte er sie, versuchte ihr zu erklären, dass man sich nach einer Jahrzehnte dauernden Ehe nicht ohne weiteres trennen kann. Das Übliche.

„Ich liebe deine grauen Augen, dein weiches Blondhaar und deine schönen Hände mit den rosa Nägeln. Am Strand von Ahlbeck habe ich rosafarbene Muscheln gesehen, die mich an deine Nägel erinnert haben. Deine Haut ist glatt wie Marmor. Aber nicht so kalt. Sondern warm. Ich kann es kaum erwarten, dich wiederzusehen, deine entzückenden Leberfleckchen zu zählen. Leider werden es nur ein paar Stunden sein. Ich muss viel für die Uni vorbereiten. Außerdem kommen die Zwillinge."

Wer war der Mann, der Zwillinge hatte? Wie sollte er das herausfinden? Er kannte nur einen Mann mit Zwillingen. Aber das war in einem anderen Leben gewesen. Kurioserweise tauchte nirgendwo ein Name auf. Nathalie hatte den Kerl unter *Amour* gespeichert.

Mühlberger hoffte, dass Nathalie unter Umständen mit ihrer Freundin oder sogar mit ihrer Großmutter oder Tante gesprochen hatte. Oder mit dieser Sabine, der Mitpatientin. Irgendjemand musste etwas wissen.

Mühlberger wählte die Nummer von Franzis Mutter. Sie wohnte mit Franzis Schwester zusammen in einem Reihenhaus, das war praktisch. Nach dem fünften Klingeln nahm seine Schwiegermutter ab. „Ja?" Hannelore war am Telefon immer kurz angebunden und schon wie sie sich meldete, nahm dem Anrufer die Lust auf ein Gespräch.

„Hannelore, ich bin's, Wolfgang."

„Ach du, was gibt's?"

„Es ist schrecklich. Setz dich am besten."

„Was ist denn?" Hannelore wurde laut, offenbar war sie durch Mühlbergers Tonfall alarmiert.

„Nathalie ist tot."

Am anderen Ende trat Stille ein. Nach einer Weile fragte Franzis Mutter leise: „Wie ist das passiert?"

„Sie war in der psychiatrischen Klinik, weil es ihr sehr schlecht ging. Ach, das weißt du ja schon. Und dort, dort ist sie tot aufgefunden worden. Es heißt, es war ein Herzinfarkt, aber der behandelnde Arzt denkt, es ist das Broken-Heart-Syndrom gewesen."

„Das was?"

„Das Gebrochenes-Herz-Syndrom. Jemand muss sie so verletzt haben, dass ihr das nach allem den Rest gegeben hat."

„Wolfgang, das tut mir so so leid. Willst du mit Claudi sprechen?"

„Ehrlich gesagt, nein, ich habe nicht die Kraft. Kannst du es ihr bitte sagen?"

„Sicher", schluchzte sie. „Wann ist die Beerdigung?"

„Ich weiß es nicht, auch nicht, wie das ablaufen wird. Ich melde mich."

Er musste sich für einen Sarg entscheiden! Mühlberger schaute wieder den Katalog durch. Dann entschied er sich für einen Sarg aus sehr hellem, polierten Holz.

Für heute hatte er genug gemacht, dachte er, während er sich Wein eingoss. Als er ein wenig angetrunken war und sich für einen kurzen Moment angenehme Wärme und Schmerzfreiheit eingestellt hatten, griff Mühlberger doch noch einmal zu Nathalies Telefon. Er begann den SMS-Wechsel mit ihrer besten Freundin zu lesen. Die Freundin war anscheinend in Paris gewesen, zum Studium, und beschrieb, wie einsam sie sich in dieser doch so schönen Stadt fühlte, wie fett und blass gegen die feschen, schmalen Pariserinnen. Sie schrieb von Läden, die Chevaline hießen und in denen es Pferdefleisch gab. Sie beklagte sich darüber, wie schwierig es war, Einheimische kennenzulernen und sich mit ihnen anzufreunden. Sie erwähnte einen Spanier, der Carlos hieß und auf einer Péniche, einem Hausboot wohnte.

Und dann ging es viel, sehr viel um diesen Mann, von dem Nathalie besessen zu sein schien.

Und dann erschien ein Name. Charlotte nannte den Liebhaber *Zorniger*. Erst dachte Mühlberger, das sei eine

Art Spitzname, weil der Mann zu Wutausbrüchen neigte. Dann begann er schlagartig kalt zu schwitzen. Zorniger hatte einer geheißen, der in Mühlbergers Leben eine Rolle gespielt hatte. Konnte das sein? Mühlbergers Mund war trocken und seine Zunge fühlte sich an wie ein totes Pelztier, das schon eine Weile gelegen hatte. Und dann fiel auch noch der passende Vornamen. Joachim. Überflüssig, dass irgendwo auch die Rede davon war, dass dieser Joachim Zorniger an der Humboldt-Universität lehrte.

Auf einmal schien es folgerichtig, dass sein ehemaliger Kommilitone wieder in sein Leben trat. Er war dieser Korken, der nicht unterging, der immer wieder hochploppte im Fluss.

Mühlberger hatte die Geschichte um Zorniger so konsequent zu vergessen gesucht, dass sie groß in ihm geblieben war. Irgendwo, außerhalb seiner Gedanken, in einer Windung seines Gehirns, in einer Faser seines Herzens, hockte das Vergangene. Und war nun wieder voll da. Unklar war ihm, auf welche Weise das Verdrängte ihm diesmal schaden würde.

Alte Geschichten

Diesem Mann, damals noch ein Jugendlicher, hatte Mühlberger gefallen wollen. Mühlberger, der Junge aus dem Saalekreis und die anderen Zugereisten, waren sich einig, die Berliner waren alle hochnäsig und eingebildet. So auch Joachim Zorniger. Der hatte sogar im ersten Studienjahr schon einen prächtigen Bartwuchs. Mühlberger wuchs Flaum am Kinn. Der virile, große, kräftig gebaute Zorniger urschte mit seinem Bart herum, indem er ihn nicht einmal wachsen ließ, sondern abnahm und bewies, dass er keinen Bart brauchte, um maskulin zu wirken. Zorniger war hochfahrend, hochmütig und hochbegabt. Das war anziehend und zu viel für Mühlberger. Irgendwann nannte er ihn, nur für sich, *den Dreispartenhausbariton*. Er musste ein Blender sein, bei dieser Eitelkeit! Aber wie wollte er ihm gefallen!

Ihre Studienzeit war prächtig. Abends Rotwein, Cabernet, wenn es ihn gab, wenn nicht Rosenthaler Kadarka. Sie besuchten einander, die Flasche unterm Arm, vor allem an einen November erinnerte sich Mühlberger, da roch es nach verbrannten Kohlen, ein nebelähnlicher Dunst drückte sich zwischen die Mietskasernen, in denen sie wohnten. Mit Klo auf halber Treppe. Der Blick aus dem einzigen Zimmer fiel auf die Kastanie im Hinterhof. Sie drückten sich an den Kachelofen, den sie mit Kohlen, die sie aus dem Keller in den vierten Stock geschleppt hatten, heizten und der sehr heiß wurde, wenn auch nur für eine begrenzte Zeit. Als sie betrunken waren, war er wieder kalt, der Ofen; aber sie waren warm, hörten Langspielplatten mit Liedern von Hannes Wader und chilenischen Gruppen, wie Inti Ilimani oder den Sängern Victor Jara und Gilbert Bécaud. Mit letzterem gingen sie Arm in Arm mit *Nathalie* auf dem Roten Platz spazieren. Auch Klassik hörten sie. Mühlberger erinnerte sich an eine Platte mit Beethovens siebter Sinfonie, die er damals ebenso liebte wie heute. Früh dann schläfrig in der Vorlesung, nach einigen Tassen Kaffee engagiert im Seminar. Suff, Diskussionen, Bücher.

Während Mühlberger auf dem Sofa lag, trank und döste, fiel ihm ein, dass Zorniger damals das Thema der Spiegelungen in der Literatur fasziniert hatte. Damals dachte er noch, klar, der narzisstische Kommilitone schaut vermutlich häufig in den Spiegel. Wahrscheinlich steckte mehr dahinter, aber Mühlberger, der sich als farblosen Schlaks wahrgenommen hatte, wollte nicht denken, dass der befreundete Konkurrent etwa auch überaus klug sein konnte. Spiegelungen.

Mühlberger fuhr auf. Kalter Schweiß stand ihm auf der Stirn, als ihm das Buch einfiel, das in Nathalies Reisetasche gesteckt hatte. Da ging es auch um dieses Thema. Er nahm das Buch vom Couchtisch, stellte erleichtert fest, dass es nicht von Zorniger geschrieben worden war. Trotzdem, auch wenn er sich zwang, an der Tatsache vorbei zu denken, dass Nathalie etwas mit seinem früheren Studienkollegen gehabt hatte, es war nicht zu leugnen. Nathalies beste Freundin schien nichts von dieser Liaison zu halten, das wurde aus ihren Nachrichten deutlich. Wie zum Teufel konnten sie sich begegnet sein?

Er musste in Nathalies Wohnung, das war klar.

Er nahm sich noch einmal Nathalies Tasche vor und suchte ihren Schlüssel. Dabei fiel ihm auch ihre Börse in die Hand. Als er sie zögernd aufklappte, sah er ihn. Zorniger, alt und würdig, mit grauen Locken und einer großen, gebogenen Nase. Sie musste noch gewachsen sein. Ein Leonard Bernstein für Arme.

Mühlberger wusste nicht, was er unter dem Ansturm der Gefühle tun sollte. Er hatte nicht gelernt, sich zu beruhigen, meistens hatte ihm Franzi dabei geholfen oder er ging zum Judo. Eine Zeit lang hatte er auch auf Tabletten gesetzt. Auf jeden Fall aber hatte er es perfektioniert, gar nicht erst in Aufregung zu geraten.

Er ging einfach den Emotionen aus dem Weg. Vor allem wenn sein Kind welche gehabt hatte. Und das war häufig vorgekommen. Nathalie hatte er immer als anstrengend wahrgenommen. Wenn sie mit ihm in einem Raum war, hatte er oft das Gefühl gehabt, sie zapfe ihn an. Da seine Batterie meistens halb leer war, fühlte er sich in ihrer Gegenwart blass und blasser werden. Am liebsten hätte er sie angefleht, ihn doch bitte zu übersehen. Vor allem, als sie ins Teenageralter kam. Dabei hatte ihm Franzi versichert, Nathalie sei eines der pflegeleichten Mädchen.

Er hatte noch eine Option, um nicht zu verzweifeln. Xaver anrufen.

„Du, Xaver, Nathalie war mit meinem damaligen Kommilitonen zusammen. Einem alten Mann! Ich fasse es nicht."

„Dem Dreispartenhausbariton?"

Mühlberger musste lachen. Er hatte vergessen, dass sein Freund Zorniger kannte. Immerhin hatte Xaver selbst zwei Semester Germanistik studiert. Er war schon damals zu unangepasst und beschloss, auf Nebenwegen sein Dasein zu fristen. Der Bibliotheksjob ließ ihm genau die Freiheit, die er brauchte. „Genau, Zorniger, der Eitle."

„Und nun?"

„Wir müssen in Nathalies Wohnung. Und rauskriegen, wo der Typ heute wohnt."

„Was hast du vor?"

„Keine Ahnung, ich habe fürchterliche Gedanken."

„Vielleicht hilft es dir, daran zu denken, dass Nathalie sich mit ihm eingelassen hat. Aus freien Stücken. Sie war volljährig."

„Nein." Mühlberger kreischte fast. „Nein, das glaube ich nicht. Egal, wie alt sie war, der Typ hat sie missbraucht."

„Es hilft dir nicht, das zu denken. Wenn wir allerdings etwas Belastendes finden, können wir immer noch handeln." Sie vereinbarten, sich am nächsten Tag vor Nathalies Haus zu treffen.

Mühlberger saß reglos auf dem Sofa. Es kam ihm vor, als wäre er eingefroren, in seiner Vorstellung konnte er sich nicht mehr rühren. Er hörte ein ganz leises aber ununterbrochenes metallisches Rauschen. Von allen vier Zimmerecken wehte jeweils ein kalter Luftzug zu ihm, und er wickelte sich – erstaunt darüber, dass er sich bewegen konnte – in eine Decke ein.

Kalte Räume

Er stand vor Nathalies Haus, den Schlüssel in der Hand. Es pfiff ein schneidender Wind um die Hausecke und schon begann er, wütend zu werden, denn Xaver verspätete sich. Er würde sich nichts mehr gefallen lassen, schwor er sich, die Menschen würden schon sehen, was er draufhatte. Seht zu und staunt! Er kicherte vor sich hin.

„Hallo du, entschuldige, die Bahn kam zu spät. Wintereinbruch und so. Sorry."

„Schon okay", hörte sich Mühlberger sagen. Und wieder hatte er nicht gesagt, dass er es schrecklich fand, wenn man zu einer Verabredung zu spät kam. Er sah es als Lebenszeitraub und in seinen Gedanken ordnete er das Zuspätkommen in die Liste der unsichtbaren Körperverletzungen ein.

Sie betraten den Hausflur, passierten die Tür zum Hinterhaus und stiegen die Treppen hinauf. Xaver wuchtete seinen Körper die vier Etagen hoch ohne nennenswert zu schnaufen, was Mühlberger erstaunte. Er selbst rang nach Luft. Sein Brustkorb war eng und ihm war schlecht, und schon wollte er Xaver bitten, allein hineinzugehen. Er lehnte sich mit dem Rücken an die Wand und ließ seinen Oberkörper vornüberfallen.

Von dort unten aus sah er auf und las den Namen seiner Tochter auf einem selbstgebastelten Schild. Es war aus der Zeit, als sie sich für Kalligraphie interessiert hatte. Wunderschön geschwungene Schrift, mit einer breiten schwarzen Feder geschrieben. Mühlberger richtete sich auf und schwankte kurz. Sein Freund legte ihm den Arm um die Schultern. Mühlberger gab ihm den Schlüssel und Xaver schloss auf.

Die Luft, die ihnen entgegen schlug, war kalt, roch nach alten Orangenscheiben, Nathalies Lieblingsduft, einem französischen Maiglöckchenparfüm, ein wenig Rauch seltsamerweise und vertrockneten Pflanzen. Rechts vom kurzen Flur ging die Küche ab, dann kam das Badezimmer und geradezu war das Zimmer, gleichzeitig Wohn- und Schlafzimmer. Und Arbeitsraum. Es war ein enorm großes Zimmer mit zwei Fenstern. Der Blick ging auf die Wipfel der Kastanie, die im Hof wuchs und auf sehr viel Himmel. An diesem Tag opak und grau.

Auf dem Tisch stand ein Laptop und aufgeschlagen stapelten sich Bücher. Eine zur Hälfte abgebrannte Kerze stand unweit der Tischlampe und ein runder Briefbeschwerer aus buntem Glas daneben, Mühlberger erkannte ihn. Der musste also ein Geschenk von Zorniger gewesen sein. Auf dem Schlafsofa lag ihr Bettzeug, unordentlich, zerknüllt, als wäre sie gerade aufgestanden. Auf dem Tisch daneben ein Glas mit getrockneter Neige, die nach Rotwein aussah. Natürlich konnte sie auch von Saft stammen. Die Zimmerpflanzen hatten fast alle ihre Blätter abgeworfen, nur ein Weihnachtskaktus hielt sich einigermaßen.

„Siehst du ein Tagebuch?", fragte Mühlberger seinen Freund.

„Nein, noch nicht", antwortete Xaver, dem sichtlich unwohl war. Er schwitzte und stand am Fenster, das er öffnete. Er fächelte sich Luft zu und sah aus, als würde er dort stehenbleiben wollen.

„Komm, wir gehen in die Küche, da hat sie oft gesessen, weil es dort wärmer wurde als in dem großen Zimmer hier."

Die alte Tischplatte zeigte allerlei Kreise von Flaschen, Tassen und Gläsern. Es klebte hier und da, denn Nathalie trank ihren Tee mit Honig. Neben einem der Kreise lag das Buch. Aufgeschlagen, ein Füller daneben.

Mühlberger blickte auf das Buch wie auf den Kopf der Medusa, in Angst, petrifiziert zu werden, hier für immer ein steinernes Abbild eines trauernden Vaters abzugeben. Er lächelte, als sein Blick wieder scharf gestellt war und er in dem Füller sein Geschenk erkannte. Ja, da war die Gravur. Nathalie. Stand da. Mühlberger setzte sich an den Küchentisch. Ihm war kalt.

Was war bloß mit seiner Tochter geschehen? Etwas, von dem er keine blasse Ahnung hatte? Sie war doch nicht krank gewesen, ernsthaft. Sie hatte als Kind manchmal Schmerzen im Hinterkopf gehabt. Irgendein Arzt hatte sie vom Sportunterricht, auf jeden Fall vom langen Laufen, freigestellt. Aber am Herzen? Da hatte sie doch nichts gehabt.

Sie war auch nicht verrückt gewesen. Sie war leidenschaftlich in ihren Ansichten, kannte nur schwarz-weiß, kein grau, genau wie er. Er sah sich, wie er sie bremste, in dem er seine Arme ausgestreckt vor den Körper hielt, wenn sie als Kind angepeest kam. So hatte er wohl auch gehandelt, wenn sie später mit ihren Gefühlen ankam. Papi, ich geh ins Kloster. Papi, ich will Oliver heiraten. Papi, ich kann nicht mehr.

„18. 3. Ich habe Schmerzen in jedem Muskel, jedem Knochen. Nachts tritt mir der Schweiß aus der Kopfhaut und es sticht dabei wie mit Nadeln."

Mein armes, armes Kind dachte Mühlberger und weinte.

Xaver trat zu ihm. Er seufzte, nahm das Tagebuch, klappte es zu und legte Mühlberger seine große weiße Hand auf die zuckenden Schultern. „Lass uns gehen Mühli", sagte er.

Zuhause angekommen, las Mühlberger weiter. Er hatte Feuer gefangen, redete sich ein, ein Detektiv zu sein, ein einsamer Wolf auf der Suche nach der Wahrheit.

„7. 6. Ich weiß nicht, warum er das tut, er stößt mich von sich. Mein Vater scheint mich zu hassen. So hasse ich auch ihn."

Mühlberger bereute es, weiter in Nathalies Tagebuch gelesen zu haben. Er schlurfte zur Anrichte und schenkte sich einen Cognac ein. Der brannte nur leicht in der Kehle. Mühlberger lobte bei sich seine Freunde und Studenten, dass ihnen jahrelang nichts Besseres als Geschenk zum Geburtstag und Weihnachten eingefallen war als Cognac. Er wusste nicht mehr, wann er davon erzählt hatte, dass Franzi und er bei dieser Verkostung gewesen waren und dass ihm das gefallen habe. Das Cognactrinken.

Was für ein Vater war er gewesen? Wie soll der sein, ein Vater? Hatte er einen guten Vater gehabt? Erinnerte er sich an die Wärme einer wortlosen Umarmung? An braune Cordhosen, eine Wollweste, den Geruch von Zigarren und Lebkuchen? Nein. Warum auch? Es gab keine Guter-Vater-Haben-Garantie. Kein Abonnement auf *lieber Papi mit Geduld.*

Einmal gezeugt, musste es auch das Aufziehen geben. Wenn das mehr war, als *essen, trinken, Dach über dem Kopf,* dann konnte man sich wohl einen Glückspilz nennen.

Hatte er eine Mitschuld an ihrem Tod? Hatte er dazu beigetragen, dass ihr Herz so früh aufhörte, zu schlagen? Und wenn, konnte er noch mehr leiden als jetzt? Konnte ein Mensch sich noch schuldiger fühlen als er in diesem Moment? Ja, wahrscheinlich. Denn für das Unglück gab es kein Maß, kein Genug.

Er saß auf seiner Couchinsel und zwang sich, noch einen Eintrag von Nathalie zu lesen.

„20. 8. Z. kommt wie ein Fremdkörper in mein Leben, das ich versucht habe, ohne ihn zu leben. Er kommt und ich bin wieder ich. In Beziehung zu ihm. Vorher war das Leben chaotisch. Ich fetzte hierhin dorthin, verletzend, verletzt. Ich fühlte mich noch weniger wohl in meiner Haut als mit ihm. Fleisch und Fett und Haut und Kleider passten nicht. Ich hielt den Atem an, um nicht anzuecken. Ich halte den Atem an, weil ich mich nicht so bewegen kann, wie ich will, nicht das sagen kann, was ich will.

Und dann diese Sucht, mich anzusehen. Diese liebende Verzweiflung, wenn ich hinsinken will vor meinem eigenen Spiegelbild, wenn ich mich in einem Zustand erwische, der göttlich scheint, vollendet. Da ist Glück und Angst. Gehe ich dann unter Menschen, komme ich mir unvollkommen, kantig, mechanisch, undurchblutet vor. Ich bin dann nicht eins mit mir. Es sei denn, ich trinke. Nach einem Schluck Rotwein ergeben die Puzzleteile wieder ein Bild mit Sinn."

„23. 8. Seit Wochen kann ich mir nicht mehr vorstellen, alt zu werden. Ich möchte jetzt sterben können und mich nicht schämen müssen. Ich würde schon fertig mit meinem Tod, aber die Trauer meines Vaters tötet mich lange vorher, wenn ich nur daran denke."

Mit einem winterlichen Luftzug schneite Galina herein. Sie hatte tatsächlich tauenden Schnee auf ihrem Kunstpelzblouson. Mit roten Wangen hielt sie triumphierend eine Einkaufstüte hoch. „Habe Brille reparieren lassen und ich habe neue dazu genommen." Als Mühlberger ihr die Freude machte und die Brillen probeweise aufsetzte, war er froh, dass Galina die alte Brille hatte reparieren lassen, aber auch eine neue geholt. Die Schweißnaht an der alten Brille drückte etwas, die Wunde, die er vor ein paar Tagen auf der Nase davongetragen hatte, tat weh.

    Er ließ sich breitschlagen und trank einen Kaffee und aß ein Stück Kuchen dazu. Galina hatte den Kuchen mitgebracht und sie hatte auch Plätzchen gebacken. Die rochen gut, fand Mühlberger und knabberte an einem herum. Die Krümel vom Adventsgebäck staken trocken in seinem Hals, als er Franzi und die sechsjährige Nathalie vor sich sah, kleiner Rücken neben großem Rücken, vor dem Herd stehend. Die beiden hatten gern gebacken, vor allem mit rosa und weißen Perlen die Kekse verziert. Bei Nathalie hatte man irgendwann gar keine Plätzchen mehr gesehen, sie waren komplett unter essbarem Zierrat verschwunden.

    In seinem Wohnzimmer war in diesem Jahr nichts Weihnachtliches zu sehen, warum auch. Nur die angeknabberten

Plätzchen lagen verloren auf dem Teller neben seinem Cognacschwenker.

An einem solchen Wintertag war auch Joachim Zornigers Frau Margarete erschienen in seiner Studentenbude. Die Ballerina musste, auswärts gestellten Fußes, durch die frische Schneedecke zielstrebig zu seiner Behausung gelaufen sein. Bestimmt hatte sie sich Mut zugeredet für diesen Gang.

Mühlberger wohnte in einem Mietshaus mit zwei Hinterhöfen. Früher sollen Kühe in den Berliner Hinterhöfen gestanden haben. Er hatte sich oft gefragt, wie sie im Winter untergebracht waren. Er stellte sich vor, wie sie dem Schneefall zusahen und muhten, während die Berliner in ihre Keller rannten, um die säuerlich riechenden, glänzenden Briketts in die Metalleimer zu werfen und all die Treppen wieder hinauf zu hieven.

Margarete Zorniger war begabt, damals schon auf dem Weg zur Primaballerina. Nathalie hatte – viele Jahre später – einmal gefragt, ob die Primaballerina so heißt, weil das Publikum „prima, prima!" ruft.

Margarete war lang, sehr mager und hatte große Füße. Joachim Zorniger hatte ihm einst erzählt, dass einzig diese Füße ihn abtörnten an seiner Frau, denn sie seien rot, wund, verwachsen, wie von einer Kreatur.

Margarete trug an jenem Abend einen echten Pelzmantel, auf dem, wie eben auf Galinas Jacke, reichlich Schneeflocken tauten. Sie war so schön gewesen, selbst als begossener Pudel. Sie hatte eine Flasche Cabernet aus der Manteltasche gezogen und gesagt, sie wolle mit ihm reden. Damals hatte

Mühlberger kalt geschwitzt, denn Frauen, vor allem solche mit dieser Grandezza, machten ihm Angst.

Seine Gedanken landeten wieder in der Gegenwart. Er musste Zorniger sprechen. Er googelte, fand, wo er unterrichtete, die Angeberliste seiner Publikationen, aber nicht einmal im Impressum seiner Homepage, auf der er auch Fotos von seiner Kunstsammlung fand, war seine Privatadresse zu finden. Er war dem Mann so sehr aus dem Weg gegangen, dass er nicht einmal Leute kannte, die Zorniger kannten.

Er schrieb Xaver eine Email. Sollte der doch mal seine Kollegin von der Mordkommission, diese Sonja Bartal, bitten, die Adresse herauszufinden. Obwohl es ihm widerstrebte, suchte er in Nathalies Handy Zornigers Telefonnummer und schrieb sie dazu.

Er war auf seinem Sofa eingenickt und schreckte auf, als er – im Schlaf – zusammenzuckte. Es konnte spät am Abend sein, nachts oder gegen morgen. Vor dem Fenster würde sich das gleiche Bild bieten. Schwärze. In der Stille hörte er ganz leise, wie Regentropfen vom Wind ans Fenster getrieben wurden, dort aufschlugen und hinunterrannen.

Mühlberger war es vollkommen egal, welche Uhrzeit es war. Er legte sich zurück, den Kopf auf die recht harte Lehne. Er döste, denn zum Einschlafen war er nicht müde genug. Das Herz klopfte trocken, hart und rasch an seine Rippen. Es war der Alkohol, der ihm Angstschweiß aus Stirn und Kopfhaut trieb. In den letzten Tagen erschrak er immer wieder, unvermittelt, wovor, wusste er nicht.

Das war ein ekelhaftes Gefühl, das er von früher kannte. Allerdings waren es da eher fröhliche Gelage gewesen, die zu so einem Zustand geführt hatten. Er erinnerte sich an die Humboldt-Universität. Ihre Seminargruppe war – aufgrund der Auswahl der Studenten – klein. Die Männer waren älter als die Frauen, weil sie Zeit als Soldaten bei der NVA hinter sich gebracht hatten. Mühlberger erinnerte sich noch an seine Aufnahmeprüfung. Er sollte sagen, *welche Klassiker des Marxismus-Leninismus auf seinem Nachttisch lägen.*

Anders als Zorniger, der das Gespräch fast verpatzte, weil er sich als Kenner eines westdeutschen Germanisten gezeigt hatte, glaubte Mühlberger damals an das Konzept der DDR. Dennoch schien ihm diese Frage plump. Er hatte Lenin erwähnt, war aber dann aufs Glatteis gelangt, da er zwar das Werk nennen konnte, aber nicht aus dessen Inhalt referieren. Er wusste auch nicht, warum er nicht Marx oder Engels genannt hatte, die er besser kannte. Aber so war das bei Gesprächen, die von einer Ideologie oder Staatsdoktrin untersetzt waren. Alle Beteiligten, oder fast alle, fühlten sich ferngesteuert und unwohl; und um das Richtige zu sagen, durchforstete man das Hirn, um in der Prüfungssituation dann doch das Falsche zu erwähnen. Es war nur für die, die wirklich überzeugt waren, leicht.

Man musste so überzeugt sein, dass keinerlei Zweifel bestanden. Und das kam auch damals selten vor.

Mühlberger und Zorniger waren Assistenten geworden, da beide ihre Doktorarbeit an der Uni schrieben. Zorniger, der sich manchmal leutselig an Mühlberger heranwanzte, hatte ihn scheinheilig gelobt, wie schlau es war, das Thema *Sozialistische Literatur nach dem zweiten Weltkrieg* zu bearbeiten. Da gäbe es ja in der DDR massig Literatur. Das Lob schmeckte schlecht, das merkte sogar Mühlberger. Er dagegen, Zorniger, der es mit den *Spiegelungen* und auch mit den *Wiedergängern* versuchte, sehr poetisch, sehr speziell, hätte es da ja schwerer. Er schalt sich einen Dummkopf, dabei kam aus jeder Masche seiner Weste der Stolz darauf hervor, etwas ganz Besonderes zu sein. War er etwas Besonderes? In wen hatte sich seine Nathalie verliebt? Wie haben die beiden sich kennengelernt? In seinem Freundeskreis war Zorniger nach der Sache nie aufgetaucht. Ihr Zerwürfnis war endgültig gewesen. Zerwürfnis war vielleicht untertrieben. Zorniger hätte es Fehde genannt. Er liebte Dramatik. Und wenn er um die Ecke kam, seinen langen Schal um seinen Hals werfend, hatte er immer etwas von einem Schausteller gehabt.

Mühlberger konnte es nicht mehr verdrängen. Die ganze Zorniger-Episode kam hoch. In Kategorien der Deutschen Demokratischen Republik mit ihrer eigenen Ordnung, so prall mit Ideologie gefüllt und gleichzeitig so fern jeder Realität, hatte er schon seit der Wende nicht mehr gedacht. Das Gehirn gelähmt vom Schmerz und Hochprozentigem, fiel es ihm schwer, zu rekonstruieren, was damals geschehen war.

Er hatte, gerade achtzehn Jahre alt geworden, einen Antrag auf Aufnahme in die SED gestellt. Als der Eklat stattfand, war er schon, was man einen hoffnungsvollen Kader nannte. Modellierbare potentielle Funktionäre, die in höheren Ämtern schalten und walten würden können. Noch heute kam es Mühlberger seltsam vor, dass auch Zorniger in der Partei war. Gewiss war der auch damals schlau genug gewesen, zu wissen, dass das Parteiabzeichen für seine Karriere wichtig war. Im Gegensatz zu Mühlberger aber wurde er nie beachtet, wenn es um Ämter und Verantwortung ging. Vermutlich, weil er abgelehnt hätte. Eine klassische Karteileiche.

Der Eklat

Während einer der monatlich am Montag stattfindenden Parteiversammlungen stand Zorniger auf und begann zu sprechen: „Liebe Kollegen. Sie wissen, dass ich mich mit dem Thema *Spiegelungen in der Literatur* beschäftige. Ich habe in allen Bibliotheken dieses Landes gesessen, auf Fernleihen gewartet und so weiter, Sie kennen das. Nun bin ich an einem Punkt, an dem ich nicht weiterkomme. Ich ersuche um die Erlaubnis, eine Forschungsreise ins westliche Ausland machen zu können. Sie wissen, unsere Bibliotheken in Berlin und Leipzig, im ganzen Land, sind großartig, aber wer möchte nicht einmal in der Sainte-Geneviève in Paris sitzen oder gar in der Bodleian Library in Oxford? Aber Paris würde mir schon reichen. Dort arbeitet ein Philosophieprofessor, der wie ich über das Thema Spiegelungen arbeitet. Er hat einen anderen Ansatz, bezieht sich mehr auf die Philosophie und vor allem die Psychologie. Ich würde ihn gern besuchen."

Als Zorniger sich gesetzt hatte, war es, als hätte er mit einem Blasrohr sämtliche Professoren, Doktoren und Seminarleiter mit Curare getroffen. Bevor sich ihre Gehirne mit dem Inhalt der empörenden Ansprache beschäftigen konnten, verdauten alle erst einmal die anderen Fehler, die Zorniger gemacht hatte. Er hatte Kollegen gesagt, nicht Genossen. Er hatte sie gesiezt. Alles bürgerliche Umtriebe und Auswüchse.

Denen, die das Sagen hatten, konnte man ansehen, wie in ihren Köpfen Parteistrafen kreisten, von Rüge über strenge Rüge bis zum Ausschluss, die *Streichung*. Eine Auslöschung,. man verschwand in diesem Fall einfach aus der Partei. Sie irrten, wenn sie dachten, dass Zorniger fand, es stünde ihm zu, für ein Picknick in den Tuilerien nach Paris zu fliegen. Derart hochmütig und verblendet war selbst der Fachbereichsbeau Zorniger nicht. Das Irritierende an ihm war, dass es ihm, neben seinem Wunsch, ein Weltbürger zu sein, wirklich um die Wissenschaft ging. Das begriff Mühlberger instinktiv. Er kannte einige Fälle, in denen schon die Kontaktaufnahme mit Forschern aus dem westlichen Ausland zu Entlassungen geführt hatte.

Damals jedenfalls geschah, was in den Fällen von Hybris, und Zornigers Wunsch, die Genehmigung für eine Dienstreise nach Frankreich zu erlangen, war Hybris, zu erwarten war. Da Margarete Zorniger, inzwischen Joachims Frau, Ballettänzerin war und Reisekader, war es ein Unding, dass Zorniger auch für sich eine Dienstreise ins westliche Ausland beantragen wollte. Da hätten beide – so die Meinung der Parteigenossen – gleich fragen können, ob sie zusammen ausreisen können und im Westen bleiben. Dass die Beiden Zwillinge im Säuglingsalter hatten, die sie nie allein zurücklassen würden, kam zwar Mühlberger in den Sinn, den Verantwortlichen jedoch nicht.

Zorniger wurde schließlich zu einer Sitzung geladen, in der von ihm Selbstkritik erwartet wurde. Mündlich, schriftlich in siebenfacher Ausfertigung und natürlich an der Wandzeitung auf dem Gang. Zorniger schüttelte das Haupt und ging seiner Wege, scheinbar völlig unbeeindruckt. Da die öffentliche Selbstzerfleischung und eigene ideologische *Einnordung* ausblieb, bekam Zorniger ein Parteiverfahren.

Mühlberger erinnerte sich, als wäre es gestern gewesen. Auch, dass Margarete Zorniger, nachdem sie an diesem Winterabend in seiner Berliner Hinterhofwohnung den Mantel abgelegt hatte und einen Schluck Cabernet getrunken hatte, ihn angefleht hatte, Zorniger zu helfen. Mühlberger erfuhr damals von Margarete, dass Zorniger das Berufsverbot so schwer getroffen hatte, dass er nicht einmal mehr für sich selbst schrieb. „Mühli, Wolfgang, er schlägt mich und ... schreit die Zwillinge an! Wir haben Angst. Bitte, bitte, hilf uns, du hast doch Gewicht in der Partei. Bitte. Wolfgang."

Spätestens an diesem Abend wusste Mühlberger, dass dieser Satz: *Sie rang die Hände* nicht nur Erfindung eines theatralischen Poeten war. Er war entsetzt zu sehen, wie Margarete ihre langen, dünnen Finger ineinander verschlang und dieses Handgebilde mal in die eine, mal in die andere Richtung drehte. Die Luft in Mühlbergers Wohnzimmer hatte nach Rauch gerochen, sein Ofen heizte nicht besonders gut. Es war kalter Rauch geworden und nach einigen Gläsern Rotwein hatte sich Margarete auf sein Sofa zu ihm gesetzt. Margarete hatte ihre Hände, nachdem sie sie zu Ende gerungen hatte, auseinandergenommen und auf Mühlbergers Schultern gelegt. Sie hatte ihn eindringlich und furchtsam angesehen.

„Margarete, es tut mir so leid, aber du hast bestimmt von deinem Mann gehört, dass ich nicht zu den Helden gehöre.

Ich liebe es, hier zu sein und nicht in meinem Dorf im Saalekreis. Ich liebe es, Dozent zu werden, liebe es, zu forschen und zu schreiben. Ich will eines Tages eine Familie ernähren können und Jemand sein in der Gesellschaft. Ich habe Angst vor den Genossen und ich habe Angst vor Strafe. Das ist die ganze Wahrheit."

Als Mühlberger diesmal erwachte, war es hell. Das Gras im Garten war weiß gefroren. Mühlberger hoffte, dass es eine Email gab und öffnete seinen Laptop. Nichts. Xaver würde sein Möglichstes tun, das wusste Mühlberger. Er musste abwarten.

 Er ging in den Flur und stellte fest, dass es durch die Haustür zog; das war ihm vorher nie aufgefallen. Es war ein altes Haus, warum sollte es also nicht ziehen. Er fröstelte und griff in die Taschen seines Mantels. Da musste irgendwo die Telefonnummer von dieser Sabine aus dem Sankt Georg Krankenhaus sein. Er wühlte eine Weile, dann fiel ihm ein, dass er ihre Nummer gleich in sein Handy getippt hatte. Zurück auf dem Sofa, knabberte er der Vernunft halber ein Plätzchen, nahm seine neue Lesebrille und rief Sabine an.

 „Ja?", sagte eine weibliche Stimme sehr knapp und lustlos.

 „Ähm, Sabine Schmittge?"

 „Die bin ich. Wer spricht?"

 „Wolfgang Mühlberger, Nathalies Vater. Sie waren doch mit ihr ..."

 „Ja, ich weiß, wer Sie sind", unterbrach ihn Sabine. „Guten Tag. Wie geht es Ihnen?"

 „Nicht gut. Und Ihnen? Manuel?"

„Es geht, wir haben gesprochen. Aber viel wichtiger ist, weshalb *Sie* anrufen, oder?"

„Stimmt." Mühlberger lachte kurz. Alles war weniger wichtig als Nathalies Tod. „Ich wollte Sie fragen, ob dieser Mann, dieser Freund von Nathalie, öfter im Krankenhaus war? Haben Sie da etwas mitbekommen?"

„Während ich dort war, war er einmal da. Erst waren sie wie die Turteltauben. Das weiß ich, weil sie geknutscht haben und ich das beobachtet habe. Aber nach dem Besuch kam Nathalie kreidebleich vom Hof. Sie hatte die Lippen zusammengekniffen, dass sie gar nicht mehr rot waren. Weiß waren sie. Das ist das Ende, sagte sie. So etwas. Anscheinend hatte er sie zum zweiten Mal verarscht."

Mühlberger schwieg. Dann sagte er: „Alles Gute. Ihnen beiden. Und danke." Er legte auf, bevor Sabine noch etwas sagen konnte.

Zum zweiten Mal verarscht. Was hatte das zu bedeuten? Warum hatte er nicht weiter gefragt? Warum fragte er eigentlich *nie* weiter? Er ekelte sich vor sich selbst. Er konnte nicht einmal sagen, dass er als Tiger gestartet war und als Bettvorleger gelandet. Er startete höchstens als Ozelot, Luchs, oder eigentlich als ganz junge Hauskatze, dachte er.

Er schrieb Xaver noch eine Email. Er bat ihn, dieser Sonja Bartal Druck zu machen. Er *musste* Zorniger aufsuchen, ihn konfrontieren.

Er mochte Kriminalromane. Eigentlich war es Franzi, die damit angefangen hatte, aber dann erwischte diese Leidenschaft auch ihn. Und, angeregt von den Verfilmungen von Agatha Christies Kriminalromanen „Tod auf dem Nil",

„Mord im Orient-Express" und „Das Böse unter der Sonne" kam er auch auf die Vorlesungsreihe, die er jetzt an der Filmhochschule hielt, über Literaturverfilmungen.

Es war ein dankbares, spannendes Thema und das einzig Schwierige daran war, es nicht zu geschmäcklerisch werden zu lassen. Denn es war schon Geschmackssache, ob jemand eine Verfilmung gut fand oder nicht. Dass Literaturverfilmungen immer danebengingen, war eine weit verbreitete Meinung.

Galina steckte den Kopf durch die Türöffnung und fragte, ob er etwas essen mochte. Tapfer sagte er ja. Er wünschte sich eine Suppe, das traute er sich zu. Hunger hatte er keinen, aber seine Magenschleimhaut brannte.

Galina setzte sich zum Essen zu ihm. Wahrscheinlich wollte sie sichergehen, dass er auch wirklich aß. Sie erzählte, wie es ihrem Vater ging und wie froh sie war, dass er in diesem Heim wohnen konnte. Sie erzählte auch, dass sie in Rumänien immer gepuzzelt hatte. Auf dem Boden. Und dass sie immer gedacht hatte, dass vielleicht ein anderer Bodenbelag als der aus PVC mit dem braunen Schlierenmuster erscheinen würde, wenn sie das Puzzle wieder auseinander nahm. Vielleicht einer mit blaugrünen Pfauen. Das passierte natürlich nie, schloss Galina lachend und Mühlberger lachte mit.

Galina freute sich darüber so, dass sie weitererzählte, wie ihr Bruder den wenigen Touristen aus dem Westen nachgerannt war, den Autos nachrannte, um ausgetrunkene Colabüchsen aufzuheben und in sein Regal zu stellen. Carol war um einiges älter als Galina. Er war nach der Wende nach Berlin gekommen. Damals waren Rumänen illegal im Land. Carol, so erzählte sie gelöst, war wunderschön gewesen, mit Haaren, die vor sein Gesicht fielen wie die Hecke vor Dornröschens Schloss.

Sein Alkoholpegel, die Wärme, der Wein, Galinas herrliches, radebrechendes Erzählen, Mühlberger wurde es angenehm in seiner Haut.

Carol hatte beim Billardspielen im Club eine junge Deutsche kennengelernt. Sie sei sehr blond und sehr in ihn verliebt gewesen. Erst hatte er ihr weismachen wollen, er sei Franzose. Leider hatte Anna Romanistik studiert und glaubte das keinen Augenblick. Ihre Vernarrtheit in den schmalen, blassen Carol ließ sie aber nicht sauer werden. Sie lebten in Annas Einzimmerwohnung im Prenzlauer Berg. Anna hatte etwas Geld, ihre Eltern, die nichts von Carol wissen durften, waren großzügig. Carol angelte im Fluss und kochte Spinat aus Brennnesseln. Dann ging er arbeiten, in eine Joghurtfabrik. Der Lohn kam selten. Um die Norm zu schaffen, ging Anna manchmal mit in die Fabrik. Der Illegale musste seinem Lohn nachrennen, denn eigentlich gab es ihn ja nicht.

Einmal trafen sie Annas Mutter auf der Straße. Anna stellte Carol vor, denn Lügen war nicht ihre Stärke. Einige Wochen später, Anna kam von ihren Eltern, fragte sie Carol, ob er stehle und Diebesgut bei ihr verstecken würde. Carol merkte, dass die Frage von ihren Eltern kam. Dennoch antwortete er ihr wahrheitsgemäß: *nischt bei meine Mädschen.*

Sie hatten es schön, tanzten, feierten. Nachts im Bett erzählte er ihr, dass bei ihm zuhause die Schlangen als Räder die Berge herunterrollten, hochkant wie Hula Hoop Reifen.

Aber Carol musste heiraten, um in Deutschland bleiben zu können. Und das wollte Anna nicht.

Später wurde es leichter für Rumänen, in Deutschland zu leben und zu arbeiten, und Galina folgte ihrem Bruder. Erst wohnte sie bei Carol und der Frau, die ihn schließlich geheiratet hatte, dann bei Mühlbergers.

Einen Schritt weiter

Mühlberger döste, nachdem Galina auf ihr Zimmer gegangen war, auf seinem Sofa. Er dachte, bald wird sich das Sofa dauerhaft so verformen, dass es auch ohne ihn aussehen würde, als würde er drauflliegen. Sein Nachtschweiß, die aussuppenden Promille und seine Tränen würden das ihrige tun. Eine Sofaplastik, ein Relief würde es geben, das, wenn man die Hohlform ausgösse, den Rücken und Hintern Mühlbergers darstellte.

Er dachte an seinen Vater. Der war ein Unnahbarer gewesen, mit Neigung zu Schreianfällen, wenn, was er an Druck und Ängsten geschluckt hatte, ihm zu viel wurde, überhandnahm.

Es läutete an der Tür.

Galina führte Xaver herein.

„Anstelle einer Mail komme ich selbst, Mühli", sagte er und verbeugte sich. „Ich bin sozusagen ein singendes Telegramm in Gestalt eines Strippers."

„Bitte nicht." Mühlberger grinste. „Was gibt es?"

„Meine Kollegin Sonja Bartal hat mir heute bei der Teambesprechung einen Zettel zugesteckt. Mit der Adresse unseres Joachim Zorniger."

Mühlberger nickte stumm. Er war nicht begeistert, dass die Geschichte jetzt tatsächlich Fahrt aufnahm. Er hatte wissen wollen, wo Zorniger wohnte. Jetzt spürte er, dass er die Antwort darauf nicht brauchen konnte. Denn, wenn er sie wusste, musste er hin. Und seinen Mann stehen.

Aber, da Xaver involviert war und selbst dessen Arbeitskollegin, konnte er keinen Rückzieher machen. *Halb zog er sie, halb sank sie hin,* war einer der Merksätze seines Vaters gewesen. Genau wie: *Das ist des Schönen Los auf Erden, sagte der Bärtige und kniff die Kellnerin.*

„Hallo? Wach?" Xaver schnipste vor Mühlbergers Gesicht mit den Fingern.

„Ja. Ja doch!"

Mühlberger bat Xaver zu gehen, weil sich sein Gehirn wund anfühlte und er befürchtete, dass er weinen oder schreien müsse. Das wollte er keineswegs vor seinem Freund tun. Obwohl gerade Xaver mit jeder Faser seines voluminösen Leibes den Eindruck vermittelte, dass ihm nichts, aber auch gar nichts Menschliches fremd war.

Mühlberger hatte etwas geruht, war eingeschlafen und hatte geträumt. Wovon, wusste er nicht mehr. Er wählte Charlottes Nummer: „Sind Sie Charlotte?"

„Ähm, ja, Sie haben die Nummer von Charlotte gewählt ..." Kleines Kichern.

„Ja, stimmt, entschuldigen Sie, ich bin Herr Mühlberger, Nathalies Vater."

„Ah, Nattis *Däd*", sagte sie keck, mit seltsamer Betonung. So, als müsse man ihn vor allem als *Däd* kennen (und bewundern oder hassen?) Mühlberger war verstört. „Ich kann auch später wieder anrufen ..."

„Neenee, is schon okay." Wie sich herausstellte, war Charlotte nicht in der Stadt, sie hatte die Universität gewechselt.

„Was gibt's?" Charlotte schien zu Bewusstsein zu kommen, dass Mühlberger nicht mal eben anrief, um zu plauschen.

„Charlotte, es ist etwas passiert."

„Oh Gott, jetzt machen Sie mir Angst, ist was mit Nathalie?"

„Ja, sie ist tot."

Am anderen Ende der Leitung entstand Schweigen. Charlotte schien das Atmen eingestellt zu haben.

„Was?", kreischte sie unvermittelt. Dann begann sie, zu weinen. Und zwar so bitterlich, dass Mühlberger neidisch wurde. Er hatte diesen Kloß im Hals, den Stein in der Brust und zu selten kamen ihm ein paar Tränen, die ihn erleichterten. Mehr als Trauer verspürte er Wut. Doch auch die fand keinen Weg, der irgendwie gangbar, ja nützlich wäre. Die Wut machte neue Beschwerden, machte die Muskulatur hart, ließ ihn selbst am Tag mit den Zähnen knirschen.

„Charlotte!" Mühlberger sprach beruhigend auf Nathalies Freundin ein. „Bitte!" Dann überlegte er, ob es besser sei, einfach aufzulegen. Schließlich hörte er: „Warum?" Das war eine Frage, die er nun wirklich nicht beantworten konnte.

„Sie war doch im Krankenhaus …"

„Ich weiß, in der Psychiatrie."

„Genau. Und dort ist sie. Gestorben. Es heißt, ein Herzversagen."

„Scheiße. Gebrochenes Herz, war ja abzusehen", murmelte Charlotte gleichzeitig matt und scharf.

Wie um sich mit den ausgesprochenen Worten selbst zu verletzen. Dachte Mühlberger. Weil er das kannte.

„Wie kommst du, kommen Sie …"

„Lass' ruhig duzen", kam es wie aus einem Keller.

„Wie kommst du darauf, Charlotte. Ich meine das mit dem gebrochenen Herzen?"

„Scheiß auf die Uni. Komme zu dir." Aufgelegt.

Diese Charlotte. Mühlberger wurde es warm ums Herz.

Mist Mist Mist. Drei verpasste Anrufe. Die Bestattungsunternehmer brauchten Papiere, wollten Daten koordinieren.

„Wann ist denn die Beerdigung?"

„Der Friedhof, auf dem ihre Frau liegt, begräbt nur donnerstags."

„Waaas?"

„Ja und, da Sie sich nicht gemeldet haben, wussten wir jetzt nicht, ob Sie an der Erdbestattung festhalten. Da müssten wir jetzt schnell sein. Liegezeit ohne Einäscherung hier in der Gegend zehn Tage. Und, wir haben immer noch keine Geburtsurkunde Ihrer Tochter."

Mühlberger wusste nicht einmal, wo die Geburtsurkunde seiner Tochter liegen *könnte*. Er lebte in einem fremden Haus, um ihn Mauern, die er kannte, Möbel, die er kannte. Aber was war in den Kästen, Schränke, Truhen. Nichts hatte er eingeräumt, nichts eigenhändig weggeheftet. Er konnte sich nicht daran erinnern, wie er das nach Franzis Tod gemacht hatte. Doch, da war Franzis Schwester angereist. Könnte er vielleicht Galina bitten, mit ihm auf die Suche zu gehen? Oder diese Charlotte?

Er würde niemanden bitten, er musste jetzt selber tätig werden. Er hatte gehört, dass Struktur und Tun helfe; beim Trauern, beim Schwächeln gleich welcher Couleur.

Während er kramte, kam Galina ins Zimmer und er konnte sie lächeln hören. Da sie ihn wach und offensichtlich mit etwas beschäftigt sah, war sie beruhigt. „Wollen Sie Kaffee?", fragte sie. Er sagte: „Ja. Gern." Und fühlte sich nochmal besser. Das Gefühl der Funktionstüchtigkeit von Psyche und Physis war von enormem Vorteil. Kaffee tranken Menschen, die ihr Leben im Griff hatten.

Als Galina mit der Kanne und einer Tasse wiederkam, kündigte Mühlberger ihr Charlotte an. Er wusste nicht, wo sie in der Stadt unterkommen würde und spielte mit dem Gedanken, ihr für die Zeit ihres Aufenthaltes Nathalies altes Zimmer zu geben.

Die Frau vom Beerdigungsinstitut hatte gefragt, ob er wissen wolle, wann genau Nathalies Leiche verbrannt werden würde. Letztlich hatte er sich doch entschieden, sie einäschern zu lassen. Er schämte sich, dass er, um dem Zeitdruck zu entgehen, der Aufgabe zu entgehen, sich zügig für die Art der Trauerfeier zu entscheiden, der Kremierung zugestimmt hatte. Er war ein Typ, der sich breitschlagen lässt. Wenn es kein anderer tat, schlug er sich selber breit.

Mit Sicherheit wollte er *nicht* wissen, wann ihre sterblichen Überreste dem Feuer übergeben würden. Sterbliche Überreste. Das war auch so ein Wortpaar. Die gleiche Figur, der gleiche Körper, lebend, hieß doch auch nicht Überrest. Lebender Überrest. Es ist offenbar auch mehr als ein Rest, dieser Überrest. Er hatte mit seinen Studenten so viel literarische Stoffe besprochen, so viele daraus entstandene Filme analysiert, er hatte mehrere Kareninas unter den Zug geraten sehen, er hatte mehrere Hölderlins ihren Wahn im Turm verwalten sehen. Aber was war das gegen dieses Gefühl, das er jetzt hatte. Nichts. Und dabei fühlte er auch jetzt durchaus nicht zu Ende. Er fühlte sich tastend vor. Zögerte, das ganze Gefühl auszuschreiten. Dafür hatte die Natur des Menschen gesorgt. Er dachte an Sachverhalten vorbei, er spaltete Gedanken ab, er fühlte absichtlich in eine andere Richtung.

Die Schmerzen in seinem Leib, die Nackenschmerzen, die Brustschmerzen, wollten ihn hartnäckig daran erinnern, dass er etwas ungefühlt ließ, aber dagegen gab es ja den Alkohol.

Sein Telefon klingelte. Xaver fragte, wie es ihm ginge. Statt zu antworten, fühlte Mühlberger Wut. Deshalb atmete er zunächst nur in sein Telefon. Er würde seinen Freund nie anherrschen. Nie im Leben.

„Wie soll's mir gehen, ich musste gerade entscheiden, ob ich wissen möchte, wann Nathalie verbrannt wird."

Xaver sagte dazu nichts, sondern fragte: „Gehst du zu Zorniger? Hast du das noch vor?"

„Ja, sicher. Sicher. Jetzt hat sich eine Freundin von Nathalie angekündigt. Also, sie hat einfach gesagt, sie kommt. Und ich habe nichts dagegen gesagt. Sie heißt Charlotte."

„Willst du das denn?"

„Weiß ich nicht. Doch. Sie hatte etwas von einem gebrochenen Herzen gesagt."

„Das sagt sich leicht dahin."

„Ja ich weiß, aber da das dieser Doktor auch erzählt hat, da das ein richtiges medizinisches Fachgebiet ist, muss doch was dran sein. Nicht, dass ich das gut finde, das denken zu müssen. Ich meine, an einem gebrochenen Herzen hat ja nie nur einer Schuld."

„Ach, Mühli, sprich nicht von Schuld. Das kriegst du jetzt im Nachhinein eh nicht auseinandergezogen. Wer an was Schuld gewesen sein könnte. Mein ich."

„Du, ich bin so ein Versager, ich hab nicht einmal die Kraft gehabt, Nathalies Tagebuch, also das aus der Wohnung, ganz zu lesen. Oder noch mehr in ihrem Handy …"

„Das kann ich verstehen. Vielleicht, ich meine, vielleicht ist es besser, diese Charlotte erzählt dir was. Sie scheint ja ein zupackendes Frauenzimmer zu sein." Mühlberger lachte über die Formulierung. „Ja, das ist sie wohl."

Weil ihm nichts Besseres einfiel, holte er Nathalies Kliniktasche und nahm einzelne Kleidungsstücke heraus. Einige rochen nach Schweiß. Er erinnerte sich nicht, jemals Schweißgeruch an seiner Tochter wahrgenommen zu haben. Dann nahm er noch einmal ihr Buch zur Hand. Er nahm es hoch und schüttelte es. Ein Zettel fiel heraus. Er las: *Steck mir die Zunge in den Mund / leck mein Herz*. Er gaffte eine Weile vor sich hin. Dann holte er eine neue Flasche Cognac aus dem Sideboard und setzte sie gleich an den Mund.

Es klingelte. Galina rief: „Ich öffnen, bin sowieso auf dem Weg nach raus!", und Mühlberger setzte sich gerade. Mit einem Schwall Kälte trat Charlotte in die Diele.

Es musste sehr kalt geworden sein, dass er den Luftzug bis ins Wohnzimmer spürte. Er hörte, wie sich Galina und Charlotte einander vorstellten; und wie sich Galina gleich wieder verabschiedete und das Haus verließ. Dann betrat die Freundin seiner Tochter, während sie sich mit dem jeweils anderen Fuß die Schuhe von den Füßen hebelte und achtlos liegenließ, das Wohnzimmer. „Hallo Wolfgang, ich bin Charlotte."

Die junge Frau war groß, üppig, wobei der Oberkörper massiger war als der Unterkörper. Sie hatte dickes, braunes Haar, trug roten Lippenstift und Lidstriche, die wie Schwalbenflügel geschwungen waren. Eine imposante Erscheinung. Er stellte sich seine blonde, kleine Nathalie neben diesem Naturereignis vor. Warum zum Teufel kannte er die beste Freundin seiner Tochter nicht?

„Hi, ich bin Nathalies Vater." Sagte Mühlberger überflüssigerweise. „Willst du etwas trinken? Hast du Hunger?"

„Ja und ja." Sie lachten.

Mühlberger erhob sich und schaute mit seinem Gast in der Küche nach, was da war. Sie fanden einen Rest Sarmale im Kühlschrank. Den schoben sie in den Ofen und Mühlberger öffnete eine Flasche Rotwein. Wasser war immer vorhanden, also nahmen sie auch eine Flasche davon mit ins Wohnzimmer. Als sie den Raum betraten, fiel Mühlberger auf, dass der trotz seiner erheblichen Größe muffig roch.

Er riss also eines der großen Fenster auf und atmete die frische Luft, die hereinströmte.

Sie standen schweigend nebeneinander und schauten in den Garten. Dann schloss er das Fenster, und sie setzten sich. Sie stießen mit dem Rotwein an, und Mühlberger merkte an, dass sie sich erst jetzt persönlich kennenlernten.

Charlotte erzählte unbefangen, wie Nathalie und sie sich im Studium kennengelernt und sofort gut verstanden hatten. Dass sie zwar viel Zeit miteinander verbacht hätten, sie aber auch ein Auslandssemester absolviert habe und nun ja woanders weiter studiere. Vermutlich deshalb seien er und sie einander bisher nicht begegnet.

Erstaunt erfuhr Mühlberger, dass sich Charlotte sogar körperlich zu seiner Tochter hingezogen gefühlt hatte, jedoch bei ihr damit nicht ankam. Sie erwähnte eine Summer aus New Mexico, mit der Nathalie dagegen ein Techtelmechtel gehabt hätte. Seine Tochter war offensichtlich bisexuell gewesen. Mühlberger kam mit dem Fühlen gar nicht nach und trank durchgehend, während seine Besucherin erzählte, aufgeregt, ununterbrochen, wie Scheherazade, nur dass es nicht um die Sicherstellung ihres Weiterlebens ging bei der Sache.

„Aber dann kam der Wichser."

Mühlberger, schon recht benommen, horchte auf. „Der … was?"

„Na der Wichser, das zornige Männchen", sagte Charlotte und wurde rot.

„Na als Männchen habe ich ihn nicht in Erinnerung", widersprach Mühlberger.

„Ja, stimmt, du kanntest den ja", sagte sie mit Verachtung in der Stimme.

„Ich kannte ihn *früher*." Mühlberger fühlte sich schuldig. Ihm schwante, dass dieses von früher Kennen der Schlüssel zu der ganzen Tragödie sein könnte.

„Mensch, Vater von Nathalie. Das ist so schrecklich!" Charlotte umarmte ihn und er spürte, dass ihre Wangen nass wurden. Er entrang sich der Umarmung. In dem ganzen Kontext erschien es ihm mehr als ungebührlich, Wange an Wange mit der jungen Frau auf dem Sofa zu sitzen. Charlotte allerdings war von der unbefangenen Sorte und ihr Benehmen war von entwaffnender Natürlichkeit.

Sie putzte sich die Nase, indem sie laut in ihr zerknülltes Zellstofftaschentuch trompetete.

„Was, was war denn nun mit diesem ... diesem Zorniger."

„Na, den lernte sie in der Uni kennen. Er war hilfsbereit und – für sie – attraktiv."

„Hat er sich an sie rangemacht?"

„Ich hatte den Eindruck, dass es das berühmte Zoom gemacht hat."

„Sie, äh, du denkst nicht, dass er sich mit Absicht ihr genähert haben könnte?"

„Das glaube ich ehrlich gesagt nicht, wieso?"

„Na weil, weil wir eine – wie soll ich sagen – Fehde hatten!"

„Eine Fehde ..." Charlotte grinste. „Findest du das nicht ein wenig hochtrabend?"

„Nein", sagte Mühlberger ertappt. „Hat Nathalie dir vielleicht erzählt, dass wir zu DDR-Zeiten aneinandergeraten sind?"

„Ich hatte den Eindruck, dass sie das, was sie wusste, nicht besonders ernst genommen hat. Will sagen, sie sah das nicht als Hindernis für ihre große Liebe."

„Große Liebe. Aha."

„Ja, das war es. Ihre erste dazu, von den Knutschereien mit dieser Summer mal abgesehen."

„Aber du hast doch zuerst gesagt: gebrochenes Herz."

„Das war später. Sie hat unheimlich gelitten, dass er sich auch nach einem reichlichen Jahr nicht von seiner Frau getrennt hat. Dabei weiß man doch, was man von solchen Affären zu halten hat."

Das Charlotte das wusste, daran zweifelte Mühlberger nicht.

„Aber, wenn er gesagt hat, dass er sich von seiner Frau trennen wird?!" Jetzt wurde er kindisch, das merkte er selber, aber er wusste ja, dass seine Tochter alles glaubte, was man ihr mit offenem Visier sagte. Als sei sie absichtlich naiv. Aller Erfahrung zum Trotz. Als wollte sie erst der Welt, dann sich selber schaden mit ihrer Vertrauensseligkeit. Letzteres traf allerdings als einziges zu. Sie schadete sich selbst.

„Scheiße, riechst du das?" Sie hatten die Sarmale vergessen.

Wenn man das Verkohlte abkratzte, blieb noch ein Rest vom Rest für seine hungrige Besucherin übrig. Den inhalierte Charlotte, leckte sich die Finger ab und kam zur Sache.

„Sie kam in die Klinik, weil er sich von ihr getrennt hatte. Und zwar, nachdem er ihr einen Scheidungsratgeber ausgehändigt hatte, zu ihrem ersten Jahrestag. Er hatte dazu gesagt, sie möge ihm doch nach der Lektüre sagen, was er bezüglich seiner Frau in die Wege leiten sollte."

„Er hat was?" Mühlbergers Gehirn blieb an der Information mit dem Ratgeber hängen, bevor ihm klar wurde, dass die zeitliche Abfolge, erst Ratgeber, dann Bruch mit Nathalie, das eigentlich Skandalöse war. „Aber das riecht doch nach Absicht!", er wurde laut.

„Das finde ich auch, aber Absicht wofür? Ich meine, er kannte sie sehr gut, wusste, dass sie gerade ihre Mutter verloren hatte und dass du, entschuldige, dass du gar keine Stütze für sie warst."

Mühlberger öffnete den Mund, aber er wusste, dass er kein Recht darauf hatte, empört zu sein. Charlotte zog Zähne ohne Narkose, das zu bewundern kam er nicht umhin. Er hatte Nathalie definitiv allein gelassen. Daher sagte er nichts, sondern schluckte, aber die Peristaltik in seinem Hals versagte den Dienst und er versuchte es wieder und wieder, bis er den Eindruck hatte, ersticken zu müssen. Charlotte klopfte ihm auf den Rücken. Schließlich entkrampfte sich sein Hals und er konnte schlucken.

„Und, dann? Ich meine, wie ging es weiter, als sie in der Klinik war?"

„Na, hast du sie dort nicht besucht oder was?", fragte Charlotte pampig.

„Doch. Aber sie hat mir eine flache Geschichte erzählt von der Trauer um ihre Mutter und so. Wie sich herausstellt, war das ja nur die halbe Wahrheit."

„Wie wahr!" Charlotte lachte unpassender Weise. „Drollige Fortsetzung: Der Wichser kam nochmal angekrochen. Er war in der Klinik."

„Stimmt", Mühlberger fiel es wieder ein, „ihre Mitpatientin hat mir das erzählt."

„Woher kennst du denn die?" Jetzt war Charlotte überrascht. Das hätte sie ihm nicht zugetraut. Obwohl es reiner Zufall war, dass Sabine ihm über den Weg gelaufen war, antwortete er wie nebenbei: „Recherche."

Charlotte riss die braunen Augen auf. „Cool", konstatierte sie.

„Und", jetzt wurde Mühlberger eifrig, „und der Arzt hat mir erzählt, dass er übers Broken-Heart-Syndrom forscht und das bei Nathalie vermutet hat. Er hat – auch, um so etwas wie Vergiftung auszuschließen – sogar eine Autopsie durchführen lassen."

„Die haben Nathalie …"

„Aufgeschnitten!", Mühlberger war betrunken und in Fahrt. „Aber sie haben nichts gefunden. Keine Vergiftung."

„Immerhin weißt du jetzt, dass sie nicht ermordet wurde."

„Ja! Genau! Zorniger hätte sie ja auch ermorden können. Vielleicht hat Nathalie ihm gedroht."

„Findest du das nicht etwas weit hergeholt?"

Mühlberger fand Charlotte auf einmal phantasielos und spürte eine Aversion. „Wieso?", beharrte er.

„Na weil Zorniger von seiner Alten bestimmt nicht umgelegt worden wäre, wenn sie erfahren hätte, dass er sie betrügt. War ja sicher nicht das erste Mal." Sie zuckte mit den Schultern. „Leider war ich, ehrlich gesagt, als ich in Paris war, abgelenkt. Ich wollte Nathalies Sorgen auch mal vergessen." Sie knabberte an der Nagelhaut ihres rechten Ringfingers. Sie starrte vor sich hin. Sie waren beide müde.

„Wo schläfst du hier in der Stadt?", fragte Mühlberger Charlotte.

„Nirgendwo. Ich fahre zurück."

Am nächsten Morgen rief Mühlberger in der Filmhochschule an und entschuldigte sich für eine weitere Woche. Er versuchte, nicht so lange an seinem schlechten Gewissen seinen Studenten gegenüber herumzufühlen und dachte, sie stehen ja nicht vor irgendwelchen Prüfungen, sie werden seine Abwesenheit verschmerzen. Er dachte an seine blasse Assistentin und die himmelschreiende Hilflosigkeit, die die intelligente Frau im Angesicht von Menschen überfiel, an die Masse ihrer Ähs und Hms, die sie in den Seminaren unter die Leute brachte. Aber wenn sie seine Stunden übernahm, hatten seine Studenten wenigstens etwas Material. Die Literaturlisten seiner Assistentin waren erstklassig.

Mühlberger griff mutig nach dem Tagebuch seiner Tochter. Er hatte das Gefühl, dass jede Zeile ein Schlag ins Gesicht sein könnte. Er war der Lauscher an der Wand, der seine eigene Schand' hört.

„19. 10. Zorniger hat Schluss gemacht. Nachdem er gesagt, geschworen! hatte, dass er sich scheiden lassen wird oder Margarete das mit uns wenigstens sagen. Erst *ja*, und ich freue mich wie blöd, ich war noch nie so glücklich, dann *nein*.

Und zwar nicht nein, wir halten es weiter geheim, sondern nein, es ist ganz aus.

Ich kann nichts mehr sagen, schreiben, ich packe jetzt und rufe die Rettung ..."

Das klang routiniert, dachte Mühlberger, das klang, als hätte seine Tochter nicht zum ersten Mal einen Rettungswagen geholt. Sie hatte ihn wohl als sehr schwach eingeschätzt, dass sie ihn so geschont hatte. Mühlberger schaute liebevoll auf Nathalies große Schrift. Sie ließ sich nicht gern Zeit bei dem was sie tat und das sah man. Er hatte mal zu seiner kleinen Tochter gesagt, wenn sie nur vier Zeilen auf ein A4-Blatt schriebe, wäre das Papierverschwendung. Das hatte sie – die im Grundschulalter war – so beschämt, dass sie gleichzeitig rot und sehr wütend wurde. Er hatte damals mit Franzi diskutiert, ob das „normal" sei. Franzi hatte gesagt, dass er, und nur er, imstande war, sie extrem zu verletzen. Er hatte den Kopf geschüttelt. Er hatte es nicht verstanden und bis eben auch vollkommen vergessen. Bei mir ist das was anderes, hatte seine Frau gesagt, aber dir will sie gefallen.

Gefallen. Auch Fallhöhe kam von dem Wort. Und Nathalie war am Ende tief gefallen. Tiefer als in Gottes Hand. Oder in Gottes Hand? Er hatte keine Ahnung. Er hatte erst an nichts, dann an seine Schulnoten geglaubt, dann an den Sozialismus und schließlich daran, aufzusteigen. Es hatte prima geklappt. Seine Eltern, Vater Elektriker, Mutter Grundschullehrerin, waren richtiggehend verdutzt, was er aus seinem Leben machte, der Junge, der sich nichts traute. Aber weil er sich nichts traute oder eher nichts zutraute, war er besonders gründlich, sicherte sich ab, hatte immer einen Plan B. Die Angst verlieh ihm eine Superkraft, nämlich die, auf alles vorbereitet zu sein. Auf fast alles.

Sabine anrufen. Diese Sabine.

Mühlberger schaute auf die Uhr, um zehn konnte man alle Menschen anrufen. Alle außer Xaver, wenn er frei hatte. Dieser Mann quälte sich mit dem Zeitplan des Angestellten. Er hatte direkt nach der Schule angefangen, nachts wach zu sein. Jede Tagesaktivität war ihm eine Qual, das Licht schnitt ihm in die Augen, der Wind kämmte schmerzhaft sein Haar, es war keine Freude, ihm zuzusehen beim Leben. Aber nun hatte er einen Job, der dankenswerterweise auch nachts stattfinden konnte. Denn, Mörder stehen wie der Tatortfotograf Xaver Leonard nicht um sieben Uhr auf, um ihrer Tötungsberufung nachzugehen.

Sabine. Mühlberger wählte ihre Nummer und wartete. „Schmittge?" Komisch, dass Sich-am-Telefon-Meldende immer so klingen, als würden sie als erstes die Richtigkeit ihres Familiennamens in Frage stellen. „Ja, guten Tag Frau Schmittge, Sabine, hier spricht Wolfgang Mühlberger, der Vater von Nathalie."

„Ach, ja, guten Tag. Wie geht es Ihnen?"

„Mäßig. Nein. Schlecht. Aber deshalb rufe ich nicht an. Ich bekomme nicht mehr zusammen, was Sie vor der Kneipe erzählt haben."

„Witzig, so geht es meinem Manuel auch dauernd." Sabine Schmittge klang gequält, fing sich aber sofort wieder. „Entschuldigung. Was wollen Sie wissen?"

„Warum war er Ihrer Meinung nach im Krankenhaus? Nur um ihr nochmal Hoffnung zu machen und diese gleich wieder zu enttäuschen? Was mich interessiert ist, würden Sie ihm Vorsatz unterstellen?"

„Ich würde sagen ja. So hat sie es in der Gruppentherapie erzählt."

„Okay. Dann danke ich Ihnen. Gehen Sie wieder arbeiten?"

„Na klar, die Behörde bezalt die Fehlzeiten, wenn ich im Krankenhaus bin und der Krankenhausaufenthalt ermöglicht, dass ich wieder in die Behörde komme. Mein Schreibtischstuhl wartet immer auf mich. Ich bin Beamtin." Sabine lachte unfroh.

„Und wie läuft es sonst, mit Ihrem Mann?"

„Manuel gibt sich Mühe. Er sucht Arbeit als KFZ-Mechaniker. Er ist ein guter Mann. Sein Vater hat ihm alles Selbstbewusstsein geraubt, bis seine Mutter sich endlich getrennt hat. Er will alles richtigmachen. Und das klappt nicht, das weiß man ja."

„Danke. Und haben Sie noch einen guten Tag."

„Sie auch."

Das Wiedersehen

Mühlberger stieg aus. Xaver mit ihm, aber nur, um sich die Beine zu vertreten. Er wartete am Auto auf seinen Freund.

Joachim Zornigers Familie gehörte eine Villa aus den dreißiger Jahren. Sie sah aus wie eine überdimensionierte Jagdhütte. Mühlberger schlitterte ein wenig auf dem kurzen Weg zur Tür. Das nasse Laub war überfroren. Er ließ das Tor hinter sich, in dem zwei schmiedeeiserne Pfauen schnäbelten. In der Veranda klirrten Bleiglasfenster.

„Guten Tag, ich bin Wolfgang Mühlberger. Ich muss Joachim Zorniger sprechen."

Die Haushälterin, die sich als solche und Edeltraut vorstellte, blieb in der geöffneten Tür stehen wie ein Zerberus. Sie wischte sich langsam die Hände an der Schürze ab und schaute ihn an.

„Ist er da?", fragte Mühlberger gereizt.

Edeltraut machte mit dem Kopf eine Bewegung hin zu dem Zimmer, in dem sie ihren Arbeitgeber wusste und schaute, als wäre Zorniger ein lästiger Eindringling, gesundheitsschädigend und überflüssig wie Hausschwamm.

In einer Mischung aus Arbeitszimmer und Bibliothek saß Zorniger und hörte die Bach-Kantate *Mein Herze schwimmt im Blut*.

„Joachim Zorniger!", rief Mühlberger schneidend.

„Wer hat dich hereingelassen!" Zornigers Bauch hing über dem Geschlecht und er sah aus wie ein auseinandergegangener Student mit Brille und grauen Locken.

„Margarete!", schrie Zorniger. „Margarete! Wieso lässt du den Geist der Vergangenheit rein?"

„Ich war's." Die Haushälterin kam näher. „Entschuldigen Sie, Herr Professor."

„Margarete! Wasser!" Zorniger fasste sich ans Herz und schaute in Richtung Tür. Dort erschien wenig später eine dünne Frau im Hausanzug. Sie trug ein silbernes Tablett mit einer Karaffe Wasser und einem Glas darauf. Sie schaute verwirrt von einem zum andern und flüsterte dann: „Was ist los, Jo?"

„Bitte, sage diesem Mann, er soll gehen." Zorniger tat albernerweise, als wäre Mühlberger ein Fremder. Nach einer Weile der Stille schüttelte Margarete den Kopf, schaute Mühlberger erschrocken in die Augen und verschwand wortlos. Jetzt wurde Zorniger rot, vor Wut. „Was willst du hier?"

„Joachim", Mühlberger hörte mit Entsetzen, dass seine eigene Stimme milde klang, „Joachim, Nathalie ist tot."

„Und?" Zornigers *Und* war unterlegt mit einem lauten, krampfhaften Schlucken. Margarete, die sich wieder herangeschlichen hatte, weil sie nichts verpassen wollte, flüsterte von der Tür her: „Nathalie?"

„Nein, Cordula!", sagte Zorniger höhnisch. „Natürlich Nathalie. Der hat nur eine Tochter, wenn du dich erinnerst."

„Ich bin hier, weil ich wissen will, was du mit ihr gemacht hast." Jetzt hatte Mühlbergers Stimme einen besseren Sitz und er fuhr fort: „Weil, ich denke, du hast sie umgebracht."

Zorniger schaute seinen ehemaligen Kommilitonen mit offenem Mund an. Es sah nicht gut aus.

„Du kennst sie. Kanntest. Du bist nicht mal überrascht, dass sie tot ist."

„Doch, Wolfgang. Ich bin überrascht."

Mühlberger verlor den Mut, sogar der Hass zog sich zurück. Er verspürte den Drang, Zorniger zu umarmen. „Aha!", rief er stattdessen. „Du gibst wohl zu, sie besser gekannt zu haben!"

„Ja, das gebe ich durchaus zu. Wie du wissen dürftest, hat sie an der Universität studiert, an der ich eine Professur habe."

Mühlberger hörte Margarete hinter sich atmen. „Ah, und woher wusstest du, dass sie es ist? Ich meine, dass diese Studentin, die dir über den Weg gelaufen ist, Nathalie war? Meine Tochter?"

„Ja, das wusste ich."

„Woher?"

„Na erstens hatte ich sie ja mal als Kind gesehen, als wir uns zufällig auf der Straße begegnet sind und uns gepflegt ignoriert haben. Sie kam mir irgendwie bekannt vor. Aber ich dachte mir nichts dabei, bis im Kollegium erwähnt wurde, dass sie Nathalie Mühlberger hieß. Sie war jemandem aufgefallen im Seminar, sie war gut und sehr fleißig. Ganz der Papi." Zorniger grinste schief.

Das matte Licht, das von einer Bankerlampe mit grünem Schirm herrührte, beleuchtete Zornigers Hände, die groß auf seinem Schoß lagen, und das schwarzmarmorne Schreibset mit Tintenfass, Brieföffner, Petschaft und Löschwiege.

„Was hast du mit Wolfgangs Tochter zu tun gehabt?" Margarete kam näher.

„Nichts, Liebes. Ich habe sie bei einem Referat beraten."

„Ach so, das ist aber nett von dir." Die ehemalige Primaballerina wollte belogen werden, das war klar. Sie trat zwischen den Sessel, in dem ihr Mann saß und den Schreibtisch auf Löwenfüßen. Dann setzte sie sich plötzlich auf den Schoß ihres Gatten und flötete: „Du bist immer so hilfsbereit, Jo." Dann stand sie unvermittelt auf und fragte: „Hat sie denn bei dir studiert?"

„Nein", antwortete Zorniger entspannt.

Mühlberger schaute den beiden gefesselt zu. Es war, als kröche der Zweifel wie ein Gift durch Margaretes mageren Körper. Sie fragte angespannt: „Und wieso berätst du sie dann?"

„Weil ich sie auf dem Gang in der Universität getroffen habe und wir ins Gespräch gekommen sind. Sie suchte ein Genreübergreifendes Thema für ein Referat. Sie kam von der Kunstwissenschaft und ich habe ihr erzählt, dass ich über Narziss geschrieben habe, der ja, wie du weißt, auch in der bildenden Kunst häufig dargestellt wurde."

Margarete Zorniger schaute, sichtlich beschämt von der Herablassung mit der ihr Mann sie behandelte, auf ihre nackten, verwachsenen Füße. Die Beschämung, dessen war sich Mühlberger sicher, war zwar eine Empfindung, die Margarete Zorniger im Zusammenleben mit ihrem Mann häufiger überfallen musste, aber in der Anwesenheit fremder Menschen abgekanzelt zu werden, war noch um vieles ärger.

Margarete Zorniger hielt es für eine gute Idee, zu gehen. Sie hatte genug gehört und nahm in der Diele hektisch ihren Mantel vom Haken, stieg in ein Paar riesige Moonboots und floh.

„Du hast also meiner einzigen Tochter bei einem Referat geholfen? Dachtest du, ich kann das nicht?"

„Für die Tochter eines ehemaligen Studienkollegen tue ich vieles." Zorniger grinste wieder. „Auch wenn mich dieser Kollege der Parteileitung zum Fraß vorgeworfen hat und zugesehen, wie ich gegrillt wurde."

„Und du hast sie verführt!"

„Dieser Kollege hatte zugesehen, wie ich zu allgemeinnütziger Arbeit verdonnert wurde, wie ich mit der Pike Müll aufklaubte im Park, statt zu forschen und zu schreiben. Ich war kaltgestellt und meine Frau und die Zwillinge haben darunter gelitten."

„Du hast sie angebrüllt und geschlagen, nicht ich."

„Woher weißt du denn das?! Ach ja, weil meine Frau bei dir auf Bittgang war. Hat sie sich dir angeboten?"

„Um Himmels willen, nein."

„Das Schlimme ist, man kann dir eigentlich nicht böse sein, weil du ein Feigling bist. Du hättest dir in die Hosen geschissen, wenn du für mich bei der Partei vorgesprochen hättest! Ein beschissener Genosse!"

Mühlberger öffnete den Mund, sagte aber nichts. Zorniger hatte sich erhoben, etwas schwerfällig, und ging im Zimmer auf und ab, als doziere er. In der Stille hörten sie das Kratzen des Schneeschiebers vor der Tür. Und das Knistern der sich auf dem Plattenteller drehenden LP, die nicht mehr spielte.

„Nein, das mit Nathalie ging von ihr aus. So sympathisch war mir der Gedanke, mit jemandem aus deinem Genpool zu schlafen nun doch nicht."

„Du ...!", begann Mühlberger und das war alles, was ihm einfiel. In seinem Kopf herrschte Leere.

Zorniger begann sehr leise zu sprechen: „Mühlberger, ich kann dich nicht leiden." Er fuhr mit seinem behaarten Zeigefinger auf seinem Schreibtisch hin und her als prüfe er, ob Edeltraut ordentlich Staub gewischt hatte.

„Weißt du, du hast mich sehr verletzt. Freilich, es ist Jahre her, aber dennoch. Ich wollte deiner Nathalie das Herz brechen. Sie sollte leiden. Vor allem du mit ihr. Eigentlich nur du."

Mühlberger traute seinen Ohren nicht. Er trat auf Zorniger zu und fasste mit seinen langen Fingern um dessen kräftigen Hals. Sein Entsetzen ließ seine Hände zu einem Schraubstock werden, dessen metallene Backen Zornigers Kehlkopf quetschten. Der fing an zu röcheln. Seltsamerweise wehrte er sich nicht, sondern seine Hände baumelten wie die eines gelähmten Riesen vor seinem Oberkörper. Zorniger wurde rot, seine Augen traten aus den Höhlen. Das gibt es also wirklich, dachte Mühlberger und drückte fester zu. Aus Zornigers Hals kam ein Geräusch, als krache ein Knorpel und Mühlberger hätte vor Ekel beinahe losgelassen. Von draußen hörte Mühlberger das Kratzen des Schneeschiebers.

Zu Mühlbergers Füßen lag Zorniger wie ein gestrandeter Wal auf dem Teppich der Bibliothek. Das Kratzen des Schneeschiebers hatte aufgehört. In jedem Augenblick konnte sich die Eingangstür öffnen und jemand in der Tür stehen.

Mühlberger lief durch die Diele, öffnete die Haustür und eilte an Edeltraut, die rotbackig und verschwitzt im Vorgarten stand, vorbei. Mühlberger murmelte einen Gruß, sprang in das Taxi, in dem sein Freund Xaver immer noch saß und gerade aus einem Flachmann trank, und sie fuhren ab.

Ins Gefängnis würde er gehen, für Mord oder Körperverletzung oder Körperverletzung mit Todesfolge. Die Aussicht erfüllte ihn mit Vorfreude. In einer nur mit dem Lebensnotwendigen ausgestatteten Zelle würde er zur Ruhe kommen.

„Und? Was war?", fragte Xaver gespannt. Sie saßen im Fond des Wagens und auch der Taxifahrer war gespannt, was nun passieren würde.

„Erstmal überlegen …. Hast du noch Zeit?"

„Ja, wieso, was hast du vor?"

„Ich möchte nicht gefunden werden. Oder nein, die finden mich eh. Lass uns nach Hause fahren."

„Du sprichst in Rätseln. Was ist denn nun!" Xaver war aufgeregt und ungeduldig. Sein Freund verhielt sich seltsam.

Mühlberger schwieg. Er knetete seine blassen Hände mit den langen Fingern. Xaver hatte sich heruntergeregelt und wartete. Vor seinem Haus bezahlte Mühlberger die inzwischen hohe Summe und bedeutete Xaver, ihm zu folgen. Er krümmte und streckte den Zeigefinger, wie die Hexe in Hänsel und Gretel, als wolle er ihn locken. Xaver schüttelte den Kopf, folgte ihm aber ins Haus.

Drinnen versorgten sich die Freunde mit Alkohol. Galina war nicht da, was Mühlberger erleichterte.

Als sie ein paar Schlucke getrunken hatten, sagte Mühlberger: „Es ist eskaliert."

Xaver machte „Hm." Dann tranken sie weiter.

„Wie, eskaliert?", fragte Xaver.

„Na, am Schluss habe ich ihn gewürgt."

„Oh."

„Ja."

„Und, lebt er noch?"

„Ich weiß nicht."

Jetzt richtete sich der massige Xaver auf. Er saß wie ein alarmiertes Erdmännchen auf der Sofakante. „Du weißt nicht, ob Zorniger noch lebt?"

„Nein."

„Du kannst mir doch nicht sagen, dass du... Du hast ihn Dreispartenhausbariton genannt und gesagt, er wäre Leonard Bernstein für Arme. Ich erinnere mich düster, dieser Mann ist groß und kräftig ..."

„Ist er auch. Und du, erinnere du dich, ich habe jahrelang Judo gemacht. Ich weiß, wie man Leute ausschaltet." Mühlberger klang entrüstet. Wieder einmal zweifelte jemand an seiner Kraft, unterstellte ihm, ein Weichei zu sein.

„Ja, aber normalerweise schaltest du keine Menschen aus. Das musst du schon zugeben. Dass ich da überrascht bin. Ich meine, dann klingelt ja bald meine Kollegin Sonja Bartal hier, wegen Totschlag oder was?"

„Dann hätte ich endlich Ruhe. Eine übersichtliche Zelle. Durchgetakteter Alltag. Stille."

„Stille? Warst du mal im Gefängnis? Du idealisierst auch alles!"

Mühlberger konnte sich nicht entsinnen, Xaver jemals ungehalten erlebt zu haben. „Ich bin nicht wütend auf dich, Wolfgang, ich mache mir Sorgen."

Er hatte Wolfgang gesagt, jetzt ist es ernst, dachte Mühlberger. Er schwieg und registrierte, wie ihm der Schweiß der Scham aus dem Nasenrücken trat und kalt wurde von der Umgebungsluft. „Ich will aber ins Gefängnis! Schuld und Sühne. Du weißt schon. Und ich will zwischen vier Wänden sitzen und die Vögel durch die Gitterstäbe beobachten. Und das Klirren der Türen hören, Einschluss, Aufschluss, Einschluss, Aufschluss." Er hörte selber, dass es kindisch klang. Xaver, der Kluge, schwieg.

„Sag mir doch bitte, was passiert ist. Vor dem Kampf."

„Es war kein Kampf. Ich hab einfach zugedrückt. Er war ja nicht darauf vorbereitet."

„Du hast mir nicht zugehört. Ich habe dich gefragt, wie es dazu gekommen ist."

„Na, er hat Nathalie absichtlich verletzt. Um mich zu treffen."

„Das ist doch! Das ist doch eine Seifenoper! Er hat sich mit ihr eingelassen, um sie zu verlassen, damit sie am gebrochenen Herzen stirbt?"

„Ja."

„Glaubst du das wirklich?"

„Ja." Mühlberger starrte vor sich hin.

„Weil er einen Karriereknick hatte, aus dem du ihn hättest befreien können, wenn du nur gewollt hättest?"

„Mehr als einen Karriereknick. Das musst du doch wissen, das ging doch rum damals."

„Ja. Es war schlimm. Ich weiß. Aber ..."
„Nichts aber. Es ist wie es ist."
Das Telefon klingelte.

Hat ein Verbrechen stattgefunden?

Margarete Zorniger meldete sich. „Wolfgang?"
„Margarete?"
„Wolfgang, ich, du musst mir helfen. Ich habe Jo erschlagen."
„Was?" Mühlberger hielt das Telefon eine Armlänge weit von sich und sagte zu Xaver: „Margarete hat Zorniger den Rest gegeben!" Xaver schlug sich mit seiner teigigen Rechten vors Gesicht.
„Margarete, ich dachte, ich hab ihn erwürgt."
„Na, hast du ja auch, das heißt, er war bewusstlos. Dann kam ich zurück aus dem Wald und er japste nach Luft, lag mit dem Kopf auf den Knien unserer Haushälterin, die am Boden saß. Edeltraut weinte und war angewidert und rührte sich nicht. Dann krächzte er, du hättest ihn töten wollen und ich sei ja deine Hure, weil ich damals bei dir war und um Hilfe gebeten habe, und ich bescheuertes Gestell habe mich von dir ficken lassen und weil ich so hässlich war, hättest du trotzdem nichts bei der Partei für ihn getan, wahrscheinlich, weil du dir beim Über-mich-drüber-Rutschen blaue Flecken geholt hättest – na ja, alles so unterste, unterste Schublade. Den Ton kannte ich ja zur Genüge. Aber das, was er sagte, war neu. Und ich wusste von dieser Affäre mit deiner Tochter. Ich wusste es und ich wusste es nicht. Ich kann's nicht erklären. Ich bin auch schlimm, Wolfgang. Ich verdränge alles mögliche."

„Ach Quatsch, du bist loyal. Und als Primaballerina musstest du garantiert Realistin sein. Was ist dann passiert?"

„Er rappelte sich halb auf und Edeltraut ging kopfschüttelnd in die Küche. Er redete weiter und höhnte und höhnte, er schraubte sich so hoch, dass ich plötzlich nur noch ein Fiepen hörte. Es fiepte und fiepte, und ich nahm die Löschwiege aus Marmor von seinem Schreibset und zog sie ihm über den Hinterkopf. Er sackte sofort wieder zusammen. Und blieb liegen. Dann bin ich raus, abgehauen."

„Edeltraut hat sicher die Rettung gerufen. Komm erstmal zu mir." Mühlberger nannte ihr seine Adresse.

Eine Weile später klingelte es und Xaver und Mühlberger liefen zur Tür. Margarete stand da, Schnee auf Kopf und Schultern, von dem kurzen Weg vom Taxi, das gerade abfuhr. Sie steckte in ihren Moonboots und trug einen dicken Mantel über dem Hausanzug, den sie schon anhatte, als Mühlberger bei ihnen aufgekreuzt war. Die Männer traten beiseite und Margarete kam in den Flur.

Sie bewegte sich langsam, als wate sie durch zähen Schleim. Mühlberger umarmte sie. Sie machte sich steif und er ließ sie sofort los. Xaver nahm ihr den Mantel ab, aber die schneenassen Stiefel ließ sie an. Mühlberger hätte es nicht anders gemacht, er hasste es, bei anderen Leuten in Socken rumzulaufen. Er fühlte sich dann irgendwie nackt und wehrlos.

Margarete sank auf das Sofa. Xaver setzte sich auf dem Riesending zwei Meter neben sie. Mühlberger zog sich den schweren Sessel heran, der einmal seiner Mutter gehört hatte und den er und Franzi aufpolstern ließen. Seitdem war die Sitzfläche hart, was Mühlberger spürte, als er sich – ähnlich wie Margarete – fallenließ.

„Da bekommt das Wort Doppelmord einen ganz anderen Sinn." Xaver versuchte ungeschickt, die Stille zu unterbrechen. „Ich meine, ihr habt im gemischten Doppel einen Mann um die Ecke gebracht." Er verhedderte sich immer weiter. Niemand lachte.

Die beiden Delinquenten ließen ihre Köpfe sinken und schwiegen. Nach einer Weile quälender Stille rappelte sich Margarete Zorniger auf, saß plötzlich mit geradem Rücken und sagte „Vielleicht lebt er ja noch. Er ist kein schlechter Mann. Nicht nur."

„Ich weiß nicht, was ich mir wünschen soll", warf Mühlberger ein.

„Ich bin offen für alle Ausgänge." Xaver ging zum Sideboard und goss sich dort einen Drink ein. „Ihr auch?"

Beide schüttelten gleichzeitig die Köpfe.

„Ich kann jetzt bei euch anrufen, Margarete. Ich sag jetzt mal du. Oder ich rufe meine Kollegin von der Mordkommission an, was wir machen sollen. Aber vielleicht ist eure Haushälterin zuhause und sagt uns, wo sie deinen Mann hingebracht haben, falls es einen Rettungswagen gab."

„Ja, rufen Sie, ruf du bitte bei mir zuhause an", antwortete Margarete leise und nannte Ziffer für Ziffer ihrer Festnetznummer. Xaver wählte.

„Ja, hier ist Xaver Leonard, ein Freund von Wolfgang Mühlberger. Erstmal, Margarete ist bei uns. Was ist mit Zorniger? Wie geht es ihm?" Margarete und Mühlberger saßen ganz steif und mit aufgerissenen Augen da und fixierten Xaver. „Aha. Aha. Gut."

Als Xaver aufgelegt hatte, erzählte er: „Also, Zorniger ist schwer verletzt ins Krankenhaus gebracht worden. Edeltraut war gerade dabei, Sachen zusammenzupacken. Sie war sehr aufgelöst, ich denke, sie könnte Unterstützung gebrauchen. Auch wenn du dir das nicht zutraust, Margarete, du solltest ins Krankenhaus fahren." Er sagte ihr, wo ihr Ehemann liegt.

Margarete schüttelte dauernd mit dem Kopf und rührte sich nicht.

Mühlberger sprang auf und sagte: „Ich will das jetzt wissen. Ich fahre ins Krankenhaus." Margarete schüttelte schneller den Kopf.

Mühlberger wusste genau, was sie empfand. Sie war so verletzt gewesen, dass sie den Mann, mit dem sie das Leben verbracht hatte, einfach weghaben wollte. Aus ihrem Leben, aus den Augen sowieso.

Xaver schaute von einem zum anderen und überlegte so stark, dass Mühlberger es ihm ansah. Es war wie in einem Trickfilm, wo die Augen der Figur rotieren. „Ich würde mitfahren, aber jemand muss bei Margarete bleiben."

„Ich will gar nicht hierbleiben", flüsterte Margarete. „Ich will in ein Hotel."

„Gut, dann fahren wir dich zu einem Hotel. Wenn du allein sein willst, ist das in Ordnung."

„Ich will auch nicht angerufen werden oder erfahren, was los ist. Ich will überhaupt nichts wissen."

„Okay", die Männer nickten.

Jetzt könnte es das werden, was die Franzosen *la course contre la montre*, den Lauf gegen die Zeit nannten. Mühlberger kamen einige der Filme in den Sinn, die er für seine Seminare analysiert hatte. Filme, in denen Männer nur wenige Stunden hatten, um ihre Familien oder irgendwas zu retten, in denen Sekunden dafür reichen müssen, ein Herz wieder zum Schlagen zu bringen. Solche Art Thrill lag Mühlberger nicht. Er mochte keine Nervenfetzer. Wenn er die Wahl zwischen „Sinn und Sinnlichkeit" und „Die Dolmetscherin" hätte, würde er den ersten Film schauen.

Xaver, der sich unbeeindruckt alles anschauen konnte, meinte, Mühlberger sei kein Weichei, sondern leide einfach zu sehr mit. So sehr, dass er Spannung nicht ertrug.

Nathalie war seine Unfähigkeit, Gefühle auszuhalten, wie Ablehnung vorgekommen. Zwar waren beide ähnlich verwundet, aber er konnte kaum seine eigene Verletzung ertragen. So hatte er sich vor Begegnungen mit seiner Tochter gefürchtet. Was hätte sie ihm alles zumuten können! Weinen, schreien, stampfen, Türen schmeißen. Für Andere waren das normale, manchmal auch alltägliche Lebensäußerungen. Für Mühlberger nicht. Viele Stunden Selbstmitleid hatte er sich gegönnt – und sich immer wieder beschwert, dass er so empfindlich war. Bei sich selbst beschwert.

Lebte Zorniger? Lebte er nicht? Starb er in diesem Augenblick?

Als Xaver und Mühlberger Margarete in einem beliebigen Hotel abgesetzt hatten, fuhren sie zum Krankenhaus.

Im Klinikum gingen die Männer zum Empfang, wo man

ihnen Auskunft gab, Zorniger läge auf der Inneren, 5 C, Zimmer 24. Sie irrten herum, denn, obwohl überall mit Farbe gearbeitet worden war, um die Orientierung zu erleichtern, fiel es ihnen schwer, Station 5 C zu finden. Schließlich standen sie vorm Eingang zu der Station und geräuschvoll öffnete sich die Automatiktür. Bei Zimmer 24 angekommen, klopfte Xaver, und als niemand antwortete, traten sie ein.

Zorniger lag mit einem Kopfverband im Bett und schlief. Er trug außerdem eine Halskrause und vom Tropf her rann eine klare Flüssigkeit in eine Vene an der linken Hand. Zorniger zuckte im Schlaf. Xaver und Mühlberger setzten sich an den kleinen Sprelacarttisch.

Nach einem ungestümen Klopfen wurde die Tür aufgerissen und eine Schwester mit kurzen roten Haaren erschien, die mit strammen Beinen auf Zornigers Bett zu schoss.

„Herr Doktor, Ihre Tabletten!", rief sie laut und Zorniger schlug erschrocken die geröteten Augen auf. Die Schwester legte eine Tablette auf einen Löffel und schob ihn Zorniger in den Mund. Als sie wie ein Kugelblitz wieder aus dem Zimmer verschwunden war, machte sich Mühlberger bemerkbar.

„Joachim, ich bin hier."

„Das sehe ich", krächzte Zorniger. „Warum?"

„Ich wollte sehen, wie es dir geht."

„Ob ich noch lebe!"

„Ja."

„Da siehst du es, ich lebe noch. Deine Margarete hat mir

zwar was an den Kopf gehauen, aber ihr habt es beide nicht geschafft, mich umzulegen." Er lachte leise. „Ihr seid solche Versager!"

„Es ist nicht meine Margarete! Sie hatte eigene Gründe, dir etwas anzutun."

„Was für Gründe!" Er hätte geschrien, wenn er gekonnt hätte. „Was für Gründe sollte sie gottverdammt haben? Ich habe ihr ein gutes Leben geboten. Und den Kindern ... bis auf, bis auf die Zeit, als du dafür gesorgt hast, dass ich kaltgestellt war."

„Du bist von der Partei verdonnert worden! Ich war nicht die Partei! Du musst gewusst haben, dass dein Ansinnen, ins westliche Ausland zu reisen, noch dazu wo Margarete als Primaballerina Reisekader war, eine Hybris war!"

„Oh Mann, Hybris. Das passt zu dir feigem Schleicher. Du hättest mir helfen können, Mann! Einmal das Richtige tun!"

„Ach ja? Auch als du dich geweigert hast, Selbstkritik zu üben? Auch dann noch?"

„Ein Versuch wäre es wert gewesen. Ich hatte schon die Zwillinge!"

„Dann erst recht!", jetzt schrie Mühlberger. „Dann hättest du erst recht die Klappe halten sollen!"

„Leisetreter wie du hätten nicht das Maul aufgemacht."

„Leisetreter wie ich hätten ihre Familie nicht mit reingezogen. Wer weiß, was du noch gemacht hast. Vielleicht hattest du ja Westkontakte, vielleicht hattest du ja schon dein Abhauen vorbereitet."

„Ja klar. Geistige Menschen versuchen, ihre Träume zu leben und liegen nicht nur auf dem Sofa!"

„Nanana, meine Herren, jetzt beruhigen wir uns mal alle!" Das hatte Xaver Leonard schon immer mal sagen wollen, „meine Herren, geistige Menschen müssen sich vor allem ausruhen."

„Noch nicht!" Zorniger versuchte, sich aufzurichten. „Der Arzt hat Anzeige wegen Körperverletzung erstattet. Also, ich habe das getan. Ich musste ihm ja erklären, woher meine Verletzungen stammen. Ihr werdet also angerufen werden. Du und Margarete." Zorniger schloss die Augen.

Xaver nahm Mühlberger am Arm und zog ihn Richtung Ausgang. Auf dem Flur umarmte Mühlberger seinen dicken Freund, wobei er selbst mit seinen langen Armen nicht weit kam. Xaver drückte ihn, dass es knackte. „Ah, das tut gut … Ist deine Kollegin Sonja auch für Körperverletzung zuständig?"

„Wenn es ein Mordversuch war, sicher. War es einer?"

„Ich weiß es nicht, was micht betrifft, eher ja, wenn auch nicht geplant, … bei Margarete … keine Ahnung."

Abspann

Zuhause angekommen, saß Mühlberger lange auf seinem Sofa. Er zuckte zusammen, als es klingelte. So war er auch immer zusammengezuckt, wenn sein Vater in sein Kinderzimmer gekommen war. Selbst wenn der ihn beim Nichtstun erwischte. Noch jahrelang, bis hin zu seiner Doktorarbeit, hatte Mühlberger beim Schreiben eine Präsenz gefühlt hinter seinem Rücken. Als würde jemand hinter ihm stehen. Sein Vater oder sein Mathelehrer, dessen Dederonkittel nach Schweiß roch. Herr Tetzlaff meinte immer, dass Mühlberger faul wäre. Dabei hatte er es versucht und oft seine Freunde gebeten, ihm den Lösungsweg zu erklären.

    Noch beim Abiball hatte Tetzlaff ihm vorgehalten, wie dermaßen faul er gewesen sei in Mathe. Mühlbergers Freund, der, schweißnass vom Tanzen und vom Alkohol mutig neben ihm stand, sagte zu Tetzlaff, bei ihm komme es wohl haufenweise ... Mühlberger hätte es einfach nicht verstehen können, keinen Sinn für Mathe, aber auf jeden Fall habe er sich bemüht, wie verrückt bemüht. Tetzlaff hatte abgewinkt. Er roch auch ohne seinen blaugrauen Kittel nach Schweiß.

Am Telefon war das Bestattungsunternehmen. Die Beerdigung sei in einer Woche, ob er kommen könne und sich eine Urne aussuchen.

    Mühlberger musste nicht lange überlegen. Er hatte den Katalog durchgeblättert und eine schwarze Urne mit samtiger Oberflächenstruktur ausgesucht, die eine Halterung für getrocknete Wiesenblumen hatte. Sie war aus gebranntem Buchenholz und biologisch abbaubar. Mühlberger wollte niemanden zur Beisetzung einladen. Für ihn waren Einladungen in Zusammenhang mit dem letzten Weg eines Menschen nicht vereinbar. Er wusste, dass das seine wenigen Verwandten und Bekannten, auch Nathalies Freundinnen und Freunde nicht so sehen würden, aber er konnte nicht anders.

Am nächsten Tag wurde ihm vom Postboten ein gelber Brief übergeben. Es war die Vorladung zu einer Vernehmung in einem Polizeirevier der Stadt. Auf dem Umschlag stand *Förmliche Zustellung.* Er wurde als Beschuldigter vorgeladen. Wenn schon, denn schon, dachte Mühlberger und rief Margarete in ihrem Hotel an. Sie war gefasst, hörte sich ruhig an, dass ihr Ehemann noch lebte, und dass auch sie mit Sicherheit vorgeladen werden würde.

Margarete und Mühlberger waren müde, ein wenig wie damals in seiner nach Kohleofen riechenden Wohnung, als sie zu ihm gekommen war, und er ihr nicht helfen konnte. Damals war Zorniger schon gewalttätig gewesen. Wie viel Zeit war seitdem vergangen! Wie lange hatte Margarete ausgeharrt.

„Wir können zusammen gehen, zur Polizei", bot Mühlberger ihr an.

„Ja, das könnten wir." Damit legte sie auf.

Das Polizeipräsidium sah aus wie ein aufgeblähtes Herrenhaus, und als Mühlberger die Treppe zum Eingang hochstieg, fühlte es sich einen Augenblick lang an, als sollte er bloß ein Schloss besichtigen. Von einem langen Gang gingen schier endlos Türen ab, an manchen klebten lustige Sprüche, die irgendwas mit Polizisten zu tun hatten.

Schließlich fand er das Zimmer von Sonja Bartal, der Kollegin von Xaver. Ob es Zufall war, dass die Vorladung von ihr kam, wusste Mühlberger nicht und es war ihm auch egal. Sonja Bartal stand von ihrem Schreibtischstuhl auf. Sie war groß, trug das braune Haar im Zopf um den Kopf gelegt, ihre Kleidung praktisch, Jeans und Hoodie. Sie fragte: „Wolfgang Mühlberger?"

„Ja. Der bin ich. Ich habe eine Vorladung."

„Da wir gerade unter uns sind, mein herzliches Beileid zum Tod Ihrer Tochter. Herr Leonard hat mir davon erzählt."

„Danke, ja, danke."

„Setzen Sie sich." Sie stellte ein kleines Diktiergerät auf den Tisch. „Ihnen wird vorgeworfen, Professor Doktor Joachim Zorniger solange gewürgt zu haben, bis er ohnmächtig wurde."

„Ich hatte keinen Vorsatz, das können Sie mir glauben. Zorniger dagegen hatte sich vorsätzlich mit meiner einzigen Tochter eingelassen, um erst sie und dann –in logischer Folge – mich zu verletzen."

„Okay, das ist jetzt Ihre Interpretation. Er könnte sie auch geliebt und sich aus zwingenden Gründen von ihr getrennt haben. Menschen trennen sich." Man sah Sonja Bartal an, dass sie das Thema gerade selbst beschäftigte. Sie starrte vor sich hin, war kurz ausgestiegen aus der Situation. Dann schüttelte sie den Kopf und fragte: „Was hat Sie denn in dem entscheidenden Moment dazu bewogen, den Mann zu würgen?"

„Er hat mich und Nathalie verhöhnt!"

„Gut, das lassen wir so stehen. Es gibt ja keine Zeugen, die im Zimmer waren. Herrn Zorniger können wir erst fragen, wenn er wieder gesund ist. Wissen Sie, wo sich Margarete Zorniger befindet?"

„Nein, das weiß ich nicht."

„Herr Doktor Mühlberger, Sie wissen es nicht?"

„Doch … Wir haben sie in einem Hotel abgesetzt, sie wollte allein sein."

„Okay, in welchem Hotel?"

Und so ging es fort. Mühlberger war kein schwer zu knackender Übeltäter, das stand fest.

Dabei hatte die Vernehmung viel Protest in ihm ausgelöst. Für ihn sah die Sache komplexer aus als für diese Kriminalbeamtin. Sie nannte immer Tatsachen, als würfe sie ihm kahle Knochen hin. Dabei war doch der Schlüssel *fortgesetzte seelische Grausamkeit*. Herzen brachen nicht einfach so. Es hatte sich angehört, als glaube diese Bartal nicht an Tötungsdelikte, die unter dem Radar durchgingen, die sich psychischer Gewalt bedienten.

Sie hatte ihm die Untersuchungshaft verwehrt, da Zorniger am Leben war. Er musste sich also anders beruhigen. Denn ruhig sollte er sein, bei der Beerdigung seiner Tochter.

Das Telefon klingelte. Margarete war dran. Sie war wieder zu Hause. Edeltraut war geblieben, um ihr beizustehen. Margarete war auch zu einer Vorladung gegangen. Sie sagte nicht viel, aber auch ihre Tat war im Affekt geschehen. Und auch bei ihr war seelische Grausamkeit die Ursache.

Aber zu so was gehören immer zwei, hatte Margarete Sonja Bartals Rede nachgeahmt und zwischendurch immer heftig an der Zigarette gezogen. Sie rauchte jetzt im Haus. Bis Zorniger zurückkommen würde. Was dann geschähe, wisse sie nicht.

Das wirst du sehen. Das ergibt sich, hatte Mühlberger gesagt. Und Margarete hatte geantwortet: „Sicher. Und bei dir wird es auch wieder, Wolfgang."

„Bestimmt", hatte Mühlberger gesagt. „Muss ja."

Wie hatte seine Nathalie in ihr Tagebuch notiert? *Des Feiglings altkluge Tochter* sei sie gewesen. Das stimmte. Er war zu feige, sich seinem Kind zu widmen, sie behutsam zu begleiten ins Erwachsensein. Schon sehr früh war sie klug, neunmalschlau gewesen, konnte zwischen Franzi und ihm vermitteln, hatte schon mit zwölf Jahren Thomas Mann und Lion Feuchtwanger gelesen.

Er erinnerte sich an ihre gemeinsamen Spaziergänge. Nathalie, ungefähr vier Jahre alt und in ihrem hellen Spielhöschen Hand in Hand mit ihm und Franziska. Sie liebte es, hochzuspringen und von ihren Eltern noch höher gehoben zu werden.

Eine Zeit lang hatte sie *fremdes Kind* gespielt. Sie erzählte aufgeregt, dass sie übers weite Meer geschwommen sei, auf der Flucht, denn ihr Haus sei abgebrannt und ihre Eltern und alle Geschwister seien verbrannt. Mühlberger und Franzi hatten dann gesagt, sie könne ganz ruhig sein, sie hätten selbst keine Kinder, aber ein Zimmer übrig, das ihr Kinderzimmer werden könne. Sie hatten das sehr oft spielen müssen. Für Mühlberger war das irgendwann quälend gewesen, weil er sich fragte, ob sie an den schaurigen Phantasien ihrer Tochter schuld waren. Franzi war da gleichmütiger, sie spielte mit und es schien sogar, als liebte sie diese Spiele.

Ebenso gern verkleidete sie sich mit Nathalie, die am Wochenende niemals ihre eigenen Sachen trug, sondern Hexe oder Prinzessin oder Cowgirl war.

Kinder pubertieren nur so heftig, wie ihre Eltern belastbar sind. Dieser Satz, den er irgendwo aufgeschnappt hatte, machte ihn traurig. Offenbar hatte Nathalie ihre Eltern als nicht sehr strapazierfähig empfunden, denn ihre Pubertät hatte nicht stattgefunden. Sie war brav gewesen. Das hätte ihm auffallen müssen.

Ihm wurde schlecht. Er hatte den Mann angefasst, der Nathalie angefasst hatte. Diesen Ekel würde er aushalten müssen. Entschlossen wankte er die Treppen hoch zu seinem Schlafzimmer und ließ sich aufs Bett fallen. Lange hatte er nur unten, auf dem Sofa geschlafen und sich nicht hoch getraut. Die Bettwäsche roch frisch, wahrscheinlich hatte Galina sie draußen im Frost auf der Leine trocknen lassen. Der Stoff fühlte sich hart an und kühl auf seiner Haut. Wie wohl die Gefängnisbettwäsche wäre? Er hörte von fern die Rufe der Mitgefangenen. Sie spielten mit den Fäusten Harfe auf ihren vergitterten Fenstern. Es hallte laut. Er spürte die Kühle der Wände in seinem Schlafzimmer als leichten Wind von den Mauern her. Nichts tat ihm weh in diesem Augenblick. Er atmete auf.

Mariana Enríquez

Als wir mit den Toten sprachen

Aus dem Spanischen von Simone Reinhard
Broschur 170 Seiten
ISBN 978-3-89930-394-0

Fantastische Kurzgeschichten sowie eine Novelle der argentinischen Autorin, die 2021 auf der Shortlist des International Booker steht. Es sind moderne, mit Elementen der klassischen Gothic Novel durchwirkte Gruselgeschichten. Sie spielen im Hier und Jetzt, verweisen auf die argentinische Realität:

Die Helden leben in einfachen Verhältnissen, am Rande der Megalopolis. Dabei bilden diese realen Bezüge den idealen Nährboden für das Grauen, welches Mariana Enriquez schnörkellos beiläufig entfaltet. Einfache, alltägliche Dinge verlieren ihre routinierte Selbstverständlichkeit, die realen Hinter- und Untergründe geraten plötzlich ins Wanken und die Wahrnehmung der Protagonisten (und der Leser) verschiebt sich. Die Grenzen zwischen realem und surrealem Horror verschwimmen, bis der Alltag im Widerschein des Übersinnlichen böse erglänzt und das Harmlose einen teuflischen Touch erhält.

Klaus Richter

Einen Schritt daneben

Seltsame Geschichten aus dem Leben
eines alternden Einzelkindes

Hardcover 248 Seiten
ISBN 978-3-89930-231-8

»Klaus Richter hat ein wunderbares Buch geschrieben, voller überraschender Einsichten in ein facettenreiches Leben. Er denkt auch nach darüber, wie er es aus einer Säuferkneipenkindheit zum erfolgreichen Schriftsteller bringen konnte. Er tut dies voller Humor, voll lebensnaher Anekdoten durch die Jahrzehnte. Vor allem in seiner Münchner Zeit während der Studentenunruhen versammeln sich makabre, zum Teil groteske, schwarzhumorige Geschichten, die aber immer voller Liebe zu den Protagonisten geschildert sind.

Für mich ein bißchen wie der *Big Lebowski* ein Lehrbeispiel dafür, wie man nicht nur durch Karrierismus und Ehrgeiz weiterkommt, sondern manchmal gerade durch das Gegenteil, durch eine gewisse Lässigkeit, durch Hedonismus und ein geschärftes, kritisches Bewusstsein.« *Oskar Roehle*r

Klaus Richter, geboren 1943 in Hamburg, war Autor, Lektor und Journalist. Er schrieb zu zahlreichen Kino- und Fernsehfilmen das Drehbuch; u.a. zu ›Comedian Harmonists‹, ›Jud Süß: Film ohne Gewissen‹ und ›Der Trafikant‹.

Andreas Haldimann

Florida hinterm Bahnhof

Vier Noir Erzählungen

Hardcover 202 Seiten
ISBN 978-3-89930-384-1

Hinter dem Bahnhof in dem heruntergekommenen Hotel Florida begegnen sich Leute, deren ganzes Denken und Tun von dem Gedanken dominiert wird, wie sie diesem elenden Ort endlich entrinnen können. Geblendet vom scheinbaren Glanz auf der anderen Seite des Bahnhofs, träumen sie vom großen Geld und einem besseren Leben. Dabei ist ihr Traum längst zur fixen Idee geworden. Egal wie sehr sie sich anstrengen und abstrampeln, egal welche Risiken sie bereit sind einzugehen, ihr Scheitern scheint vorgezeichnet und unausweichlich.

»Der Roman zieht dabei alle Register eines spannenden Krimis: ein Gangsterboss, dem man einen Geldkoffer klaut, mehrere mögliche Täter, ein durchgeknallter Killer, eine attraktive Bardame, die mal ein Mann war … und am Ende mehrere Tote.« *Ronald Schneider*

Cornelia Manikowsky

Die Mutter im Sessel im Krieg

Broschur 80 Seiten
ISBN 978-3-89930-356-8

Ein Haus voller Geschichten. Zwischen den Möbeln und all den angesammelten Dingen ihrer Mutter wartet eine Frau auf den Entrümpelungsdienst und gerät in einen Strom von Erinnerungen. Immer schwieriger wird es, ihre eigenen Erfahrungen von den so oft gehörten Geschichten der Mutter zu unterscheiden. Und von dem Eigenleben, das diese Geschichten – und ihre Aussparungen – in ihr entwickeln. Cornelia Manikowskys Erzählung erkundet ein zugleich naheliegendes und tabuisiertes Terrain: das tägliche Leben der ›ganz normalen Deutschen‹ im Nationalsozialismus - ein terrain, das mit seinen Zerstörungen viel weiter in die Gegenwart reicht, als uns bewusst ist.

»Ihre simpel scheinenden Sätze entfalten mit zunehmender Lesedauer einen feinen Sog, der unerbittlich bis zum Ende zieht. Und darüber hinaus.« *Roman Schürmann*

Cornelia Manikowsky, geboren 1961, lebt in Hamburg. Sie ist Autorin von Kurzprosa, Erzählungen, Kinderbüchern und Essays. Sie wurde mehrfach mit Preisen und Aufenthaltsstipendien ausgezeichnet.

Andrea Mittag

Vom Mut

Klappenbroschur 150 Seiten
ISBN 978-3-89930-449-7

Weil wir nicht mehr singen können, stöhnen wir. Der Trieb ist ein brechend heißer Sommer. Wir haben Durst. Wir sitzen auf einem Stuhl, wippen mit dem Oberkörper leicht nach vorn und zurück, durch eine geringe Elektrizität ausgelöst. Wir denken, dass wir jetzt einfach sterben, aber es ist nur ein Sommertag, an dem sich alles in uns Bahn bricht, was wir nicht mehr zu erdulden in der Lage sind.

Das Verbrechen der Eltern dem Kind gegenüber wird immer indirekt gegeben. Es folgen weitere Verbrechen. Das Kind spielt immer mit dem Verbrechen. Jeder wartet an dieser Stelle auf Transformation.

»Verblüffende und mitunter brutale Feststellungen (›Nahezu alle Menschen beruhigen sich durch Mord und Totschlag‹) ... lassen ein tiefes Wissen um die *condition humaine* erkennen; ein Bewusstsein davon, wie auch in Mikrostrukturen das Zersplittern einen ewigen Kampf gegen das Streben des Einzelnen nach Integration führt. Durch die Wucht einfacher Wort- und Satzzusammenhänge werden diese vielen Schichten zu einem Besitz jedes Menschen.«
Schwäbisches Tagblatt